# कितना बड़ा झूठ

# कितना बड़ा झूठ

उषा प्रियम्वदा

राजकमल प्रकाशन

ISBN : 978-81-267-1411-7

**मूल्य :** ₹ 395



**पहला संस्करण :** 1972
**सातवाँ संस्करण :** 2023

**प्रकाशक :** राजकमल प्रकाशन प्रा.लि.
1-बी, नेताजी सुभाष मार्ग, दरियागंज
नई दिल्ली-110 002
**शाखाएँ :** अशोक राजपथ, साइंस कॉलेज के सामने, पटना-800 006
पहली मंजिल, दरबारी बिल्डिंग, महात्मा गांधी मार्ग, प्रयागराज-211 001
वेबसाइट : www.rajkamalprakashan.com
ई-मेल : info@rajkamalprakashan.com

**मुद्रक :** बी.के. ऑफसेट
नवीन शाहदरा, दिल्ली-110 032

KITNA BADA JHOOTH
*Short Stories* by Usha Priyamvada

'किम'
तुम्हारे लिए

# अनुक्रम

# सम्बन्ध

श्यामला ने बिना उससे पूछे ही जान लिया कि वह लड़की मर गई है। सर्जन ने बहुत ही क्लान्त भाव से फ़ोन का रिसीवर रख दिया, और अब पलंग पर आधा झुका बैठा था, इस सोच में कि दूसरा जूता पहने या न पहने। फिर जैसे कुछ निर्णय न कर पाकर वह पलंग पर आड़ा लेट गया, टाँगे नीचे ही लटकाए हुए। श्यामला अभी-अभी नहाकर आई थी। सामने के बाल भीगकर अपने-आप दो-तीन लटों में घुँघरा गए थे। सर्जन ने बाँह बढ़ाकर उसे खींच लिया और वह नम तौलिया पकड़े ही पास आकर बैठ गई।

"कब ?" उसने पूछा।

"अभी-अभी कुछ मिनट पहले।" सर्जन ने कहा। आँखें अपने-आप मुँद गईं। और श्यामला ठंडी, सुगन्धित हथेली से धीरे-धीरे, अन्यमनस्क भाव से उसके गाल सहलाने लगी।

हर बार, लम्बी कशिश के बाद भी, जब कोई मरता है तो सर्जन ऐसे ही चुप हो आता है, बाहर का यह संसार छोड़कर अपने अन्दर, कहीं बहुत गहराई में डूब जाता है। श्यामला उसे डिस्टर्ब नहीं करती, थोड़ी देर बाद वह कॉफ़ी लाएगी और सर्जन कॉफ़ी पीकर अपना कोट उठाकर चला जाएगा। उसके बाद, अगली मीटिंग तक उसकी दुनिया अस्पताल, सर्जरी ट्रांसप्लाट, पीड़ा और मृत्यु रहेगी। और श्यामला के लिए, यह कॉटेज़, जहाँ वह अकेली, सबसे अलग, सबसे कटी हुई रह रही है।

कमरे के बाहर सुबह हो रही है, उजली, धूपभरी और बेहद ठंडी। खिड़कियों के शीशों पर बर्फ़ की एक सफ़ेद परत है, जो धूप से धीरे-धीरे पिघलेगी। चौराहे पर बस एक क्षण को रुकी और फिर घर्र-घर्र करती निकल गई, पहले हर पन्द्रह मिनट पर ख़ाली बस को जाते देख ताज्जुब-सा होता था, अब आदत पड़ गई है, वैसे ही जैसे हर पन्द्रह मिनट पर बजनेवाली घड़ी की चाइम्स की आदत पड़ जाती है।

खिड़की के शीशे के पार पंख फड़फड़ाने की आवाज़ से वह चौंक पड़ती है, एक त्वरित दृष्टि सर्जन की ओर चली जाती है, वह वैसे ही निश्चल लेटा हुआ है। पक्षी दिखाई नहीं देता, पर श्यामला जानती है कि यह वही जंगली कबूतर है जो महज आदतन दाने की तलाश में आ जाता है। पहलेवाले लोग पक्षियों को दाना डालते होंगे, अब भी ट्रे बाहर लगी है। शुरू-शुरू में तमाम चिड़ियाँ आती थीं, शोर मचाती हुई गौरैया, मैना, कबूतर; पर लगातार निराश होते रहने पर वे आगत कम होते गए, और अब कोई भी नहीं आता, सिर्फ़ यह कबूतर ही भूला-भटका या बहुत भूखा होने पर आता है।

श्यामला के मन में कई बार उठा कि कुछ चारा डाल दिया करें, पर एक बार शुरुआत करने से वे पक्षी रोज़-रोज़ आएँगे, और यह ख़याल रखना पड़ेगा कि वे भूखे न लौटें, ज़मीन पर अभी भी सत्रह इंच बर्फ़ और कई महीने रहेगी, सर्जन एक बार पाँच पाउंड का बैग ले आया था, दाने का। पर श्यामला ने खोला भी नहीं, कौन ले यह जिम्मेदारी, अपनी ही नहीं निभती।

कबूतर उड़कर दूसरी खिड़की पर आ बैठा, और चोंच से शीशा खुटखुटाने लगा।

सर्जन ने कहा—"इसे खाने को दे दो कुछ।"

"फिर रोज़-रोज़ आएगा।" श्यामला ने उत्तर दे दिया और बड़े ठंडे भाव से कबूतर को देखती रही।

"इतना बड़ा काम तो नहीं श्यामला !"

"पर जिम्मेदारी तो है।"

"मुझे क्यों आने देती हो ? मैं जिम्मेदारी नहीं हूँ ?" सर्जन ने पूरी तौर से जागकर कहा।

"तुम्हारी बात दूसरी है !" एकाएक उसे कोई उत्तर न सूझा। सर्जन ने कुछ कहना चाहा, पर बिना कहे ही चुप रह गया।

इस बात को लेकर बहुत बार बहस हो चुकी है, पर श्यामला जिद्दी है, सुनती रही। सर्जन हमेशा चाहता आया है कि उसके अस्पताल के पास ही एक छोटे-से, आधुनिक फ़्लैट में श्यामला रहे, श्यामला बाहर आए-जाए, घूमे-फिरे, लोगों से मिले-जुले, पर वह कुछ नहीं चाहती है। अकेली रहती है और बाहरी दुनिया से बहुत कम मिलती-जुलती है।

"क्यों श्यामला ?"

"मन ही नहीं करता। छोटा-सा सपाट उत्तर था।"

वह लेटा-लेटा श्यामला को देखता है, दुबली-पतली साँवली श्यामला,

अविवाहित शरीर अभी भी गठा हुआ है, उसमें युवावस्था की लचक है, चेहरे पर लावण्य आकर थम गया है, कभी-कभी नींद में उसकी बाँहें सर्जन को ऐसे कस लेती हैं, जैसे कभी अलग न होने देंगी और वह कहती है कि मन में कुछ नहीं बचा। कभी-कभी वह उसके कन्धे झिंझोड़कर कहना चाहता, जागो श्यामला, यह वैरागीपन तुम्हारा सहज स्वभाव नहीं है। हँसो, बोलो, आकंठ डूबकर प्यार करो; पर वह अब कहता नहीं। सिर्फ़ उस दिन की आशा में है जब श्यामला अपने आप जागेगी। अपने को काटकर रखने की बजाय जुड़ना चाहेगी। पर कभी ऐसा होगा भी ?

"क्या देख रहे हो ? कॉफ़ी लाऊँ ?" श्यामला ने पूछा।

खुले शब्दों से श्यामला सकुचा जाती है, इसलिए सर्जन ने कुछ प्रिय कहने की बजाय कहा—"नहीं मैं ख़ुद ले लूँगा।" वह उठा और गुसलख़ाने में चला गया। जब लौटा तो मेज़ पर पर्कोलेटर था और श्यामला सामने दो प्याले रखे बैठी हुई थी।

वह पास आकर बैठ गया, श्यामला ने उसे कॉफ़ी दी, ब्लैक पीता है, और अपने प्याले में दो शक्कर के क्यूब अनमने भाव से डालकर पूछा—कौन थी वह लड़की ?

"एक लड़की। कोई भी एक लड़की। हम तीन दिन तक लड़ते रहे और बचा न सके।"

"मगर कोशिश तो की।" श्यामला ने कहा।

"हाँ।" पर उसके स्वर की तल्ख़ी को सुन श्यामला ने आश्चर्य-भरी आँखें उठाईं, फिर कहा, "जानती हूँ मुझ पर गुस्सा हो रहे हो क्योंकि..."

"नहीं श्यामला, तुम पर नहीं। ह्यूमन वेस्ट मुझसे बर्दाश्त नहीं होता, यदि तुम रोगियों को देखो तो जानो कि किस तरह आख़िरी साँस तक जीने के लिए लड़ते रहते हैं और...

श्यामला जान रही है कि यह आक्रोश उसे झेलना है, क्योंकि एक अनाम, युवा लड़की मर गई है, शायद वह जीना चाहती थी, और सर्जन के अनुसार वह—श्यामला—जीती नहीं।

उसने कहा—"सभी मरे लोगों की साँस बन्द नहीं हो जाती।" कहा और अपने आप ग्लानि से भर उठी। सर्जन गुस्सा हो आता है क्योंकि श्यामला उसे प्रिय है, और वह चाहता है कि नॉर्मल तरीके से रहे ऐसे क्षणों में वह बहुत असहाय महसूस करती है। वह सर्जन को कभी भी न समझा पाएगी कि इस तरह, स्वतन्त्र, असम्पृक्त रूप से एक सुख है, स्वार्थ-भरा, पर है सुख।

उठकर उसने अपना गाल उसके माथे पर क्षण-भर को टिका दिया, फिर पूछा, "क्या अब अस्पताल जाओगे ?"

"हाँ, दो गुर्दों की जाँच हो रही है, शायद शाम तक ट्रांसप्लांट करना पड़े।

"बिज़ी, बिज़ी, बिज़ी !" श्यामला ने हल्केपन से कहा।

"तुम्हारी तरह सब किस्मतवाले नहीं होते," सर्जन ने कहा, पर शिकायत के स्वर में नहीं—"जो दिन-भर सोएँ, और जब चाहें, तब काम करें।"

कॉफ़ी ख़तम हो जाने पर वह उठा, पर दरवाज़े की ओर न जाकर वापस बिस्तर पर लेट गया।

"आज पूरे दिन यों ही लेटे रहने का मन हो रहा है।" उसने कहा। श्यामला ने जूठे प्याले ले जाकर सिंक में रख दिए। फिर उन्हें धोया-पोंछा और अलमारी में रख दिया। कॉटेज़ में एक ही बड़ा कमरा है, बैठक, शयनकक्ष, रसोई, सभी कुछ उसी में—पल्ले बन्द करती-करती वह देखने लगी कि सर्जन दाईं करवट ले सो गया है। एकाएक वह भीग उठी और जाकर पास पड़ी कुर्सी पर बैठ गई, न जाने कब वह आ पाएगा—कई-कई सप्ताह बीत जाते हैं और उसकी ख़बर नहीं मिलती। फिर एकाएक ही फ़ोन बज उठता है, और सर्जन कहता है—"क्या कर रही हो ? मेरे पास कुछ समय है, आऊँ ?"

वह अधिकतर रात में आता है, कोई समय निश्चित नहीं है, ग्यारह से लेकर ढाई बजे के बीच कभी भी। वह जानता है कि श्यामला को रात में नींद आसानी से नहीं आती, इसलिए रात को ही काम करने बैठती है, बँधी नौकरी से अरुचि हो गई है, इसलिए फ्रीलांस काम करती है। वह भी मूड आने पर। अस्पताल से उसकी कॉटेज़ तक आने में करीब़-करीब़ आधा घंटा लगेगा, तब तक वह नहा लेती है, बाल सँवार लेती है और धुले, साफ़ कपड़े पहनकर मोमबत्तियाँ जलाने लगती है। कभी-कभी किसी मरीज को बचा लेने की छोटी-सी विजय के उपलक्ष में सर्जन कुछ पीने को ले आता है, मोमबत्तियों के प्रकाश में, चमकते ट्यूलिप आकार के गिलासों में वह लाल शराब पीते हैं, जब लौटकर वापस अस्पताल जाना होता है, तब वह रसोई में आकर दस कप कॉफ़ी का पर्कोलेटर लगा देता है। तब वह पास-पास बैठे रहते हैं, अक्सर मौन कभी आमने-सामने, गुँथी हुई हथेलियों में ही एक-दूसरे की गरमी महसूस करते हुए। कभी-कभी वह जूते उतारकर पलंग पर औंधा होकर लेट जाता है और वह उसके कन्धों और पीठ पर धीरे-धीरे मालिश करती रहती है, और उस क्षण के इन्तज़ार में बैठी रहती, जबकि मेज़ पर रखा सर्जन का ट्रांजिस्टर 'बीप-बीप' कर उठेगा।

प्रारम्भ में, आत्मीयता के क्षणों में वह रेडियो की आवाज़ सुनकर बेहद ज़ोर से चौंक उठती थी पर सर्जन ने समझा दिया कि अस्पताल में उसकी ज़रूरत है, उसे यह सूचित करने का आधुनिक तरीका है। कल रात रेडियो टॉवर ने नौ बार सर्जन को कॉन्टेक्ट किया था, हर बार जागकर वह सर्जन का फ़ोन पर वार्तालाप सुनती रही थी, वह फ़ोन रखकर झपक जाता था। वह दोनों जान रहे थे कि लड़की बचेगी नहीं। फिर भी डॉक्टर भरसक प्रयत्न कर रहे थे। सर्जन के सो जाने के बाद भी, वह पलंग के सिरहाने से टेक लगाए, मोमबत्ती के मद्धिम प्रकाश में उसके सोए चेहरे को देखती रही। सर्जन खूबसूरत किन्हीं मायनों में नहीं था—युवावस्था में जैसे वर की कामना श्यामला ने की थी वैसा तो बिलकुल भी नहीं, पर पुरुष की इस आयु में चरित्र की दृढ़ता उसमें थी, सफल होने का कांफिडेंस, और दिन-रात मौत और तकलीफ देखते रहने से आँखों में एक अकेली-अकेली-सी उदासी।

क्या मुझे उसी उदासी ने छुआ था ? श्यामला अपने से पूछना चाहती है, क्या मेरे अकेलेपन ने भरे-पूरे परिवारवाले, सम्पन्न, सफल सर्जन की आँखों में अपना ही प्रतिबिम्ब पाया था ? क्या उसी से हम जुड़े हैं, और जब साथ होते हैं तो अपने को झुठलाने की कोशिश करते हैं कि हम अकेले नहीं हैं ? पर तब क्यों सर्जन तरह-तरह से उसे प्रसन्न देखने के उपाय खोजता रहता है ? क्यों इस अकेली, उजाड़, फटेहाल-सी कॉटेज़ में आकर ही उसे कुछ समय के लिए राहत-सी मिलती है ?

सर्जन ने कहा था—श्यामला, मैं तुम्हें प्यार करता हूँ। मैं घर-बार, बाल-बच्चे सब तुम्हारे लिए छोड़ सकता हूँ।

श्यामला ने हथेली से उसका मुँह बन्द कर दिया। बहुत देर बाद कहा—क्या हम ऐसे ही नहीं रह सकते, प्रेमी, मित्र, बन्धु ! क्या वह सब छोड़ना ज़रूरी है ? मैं तो कुछ नहीं माँगती।

उसके बाद सर्जन ने कभी वह सब नहीं दोहराया, पर एक बार कहना ज़रूरी था, श्यामला ने ग्रहण नहीं किया, श्यामला किसी से भी बँधना नहीं चाहती। उसकी शर्त केवल यही है कि वे दोनों एक-दूसरे पर प्रतिबन्ध नहीं लगाएँगे, कोई डिमांड नहीं करेंगे, दोनों में से कोई भी एक-दूसरे के प्रति जिम्मेदार न होगा। वह पहाड़ी के ऊपर कई लाख रुपयोंवाले घर में, स्विस पत्नी व तीन बच्चों के साथ रहता रहेगा और वह अपनी कॉटेज़ में, जब तक मन होगा, तब तक। जब भटकन की चाह बढ़ जाएगी, तब वह अपना सूटकेस उठाकर चल देगी।

पर वह अभी तक गई नहीं है, कई बरसों से किसी जगह इतनी देर टिककर नहीं रही है। हाथ में एक अनुवाद का काम है, वह कहीं भी रहकर किया जा सकता है, तो यहीं क्यों न रहा जाए ! कॉटेज़ की अवधि छह महीने को बढ़ाते हुए उसने सर्जन से यही कहा था। उसे मालूम नहीं कि सर्जन ने विश्वास किया या नहीं। पर श्यामला यहाँ टिकने के लिए इसी मोटिव की आड़ लेती है।

रेडियो ने कहा—बीप-बीप...

अब क्या ? श्यामला सोचती है, और सुनती है।

सूचना छोटी-सी है, सर्जन जहाँ भी कहीं हों, अमुक डॉक्टर को अमुक अस्पताल में फ़ोन कर लें। और फ़ोन कर चुकने के बाद सर्जन कहता है—किडनी प्राप्त करनेवाला अस्पताल आ गया है। टेस्ट वग़ैरह हो रहे हैं। सब ठीक रहा तो इसी शाम ट्रांसप्लांट कर देंगे। अब तो उठना ही है, श्यामला।

कोट पहनते हुए वह पूछता है—आज क्या करोगी ? सोचा था कि कल शाम तुम्हारी वर्षगाँठ सेलीब्रेट करेंगे। फिर बड़े दुलार से कहा—एक दिन आएगा, जब हम दोनों एक
साथ बाहर जा सकेंगे, अस्पताल और रोगियों से दूर, दो बच्चों की तरह, सारी चिन्ताओं से परे...

श्यामला ने कहना चाहा, आ चुका वह दिन, पर कहाँ—तुम्हें तो कवि होना चाहिए था। फिर कुछ रुककर कहा—आज मैं कुछ करूँगी। कम से कम पाँच पृष्ठ...

"गुड ! अनुवाद भेजने की डेडलाइन बीते कितने दिन हो गए ?"

"अरे जाओ !" श्यामला ने लाड़ में भरकर कहा।

"जा रहा हूँ।" उसने झुककर श्यामला के होंठों को हल्के-से छुआ। दरवाज़े पर खड़ी हुई श्यामला ने उसकी स्पोर्ट्स कार स्टार्ट होते देखी और फिर धुएँ का एक नीला बादल छोड़ती हुई कार मोड़ पर जाकर छिप गई। ठंड से सिहरकर श्यामला ने दरवाज़ा बन्द कर दिया, बिस्तर की सलवटें ठीक कीं, और फिर गरम कॉफ़ी प्याले में डालते हुए सोचा, सच में काम करना चाहिए, यों मुँह लपेटे कब तक पड़ा रहा जाए, यह पचास पदों का नया इंसटालमेंट देने का वादा कई महीने पहले किया था, कई तकाजे भी आ चुके हैं, और एडवांस भी कब का चुक गया, नए बिल इकट्ठे होने लगे हैं। उसने साँस ली और कुर्सी पर बैठ गई, यद्यपि अपना व्यक्तिगत ख़र्च उसने बिलकुल घटा दिया है। जब वह कॉलेज में पढ़ाती थी तो जिया एक रुपया रोज़ दिया करती थीं, बस के किराए और चाय का ख़र्च निकल आता था। हर महीने पूरी तनख्वाह वह जिया

को लाकर देती थी। सब जानते थे कि उसी में सब होना है, न जाने वह कैसे मैनेज करती थी, कितने लोग थे, अविनाश, प्रकाश, कुमुद, वह, जिया और बड़ी दीदी। सभी पढ़नेवाले थे, बड़ी दीदी ने तो विधवा हो जाने के बाद स्कूल जाना शुरू किया था। मिल-जुलकर जो भी होता, वह खा लेते, साझे में वही साड़ियाँ तीनों बहनें पहनती रहतीं। कभी बस का टिकट कोई और सहेली ख़रीद देती तो उस दिन श्यामला चाय के साथ समोसों का ऑर्डर दे पाती। अब, जब अविनाश, प्रकाश पढ़ गए हैं, कुमुद की शादी हो गई, बड़ी दीदी अपने स्कूल के विधुर प्रिंसिपल की पत्नी हैं, और जिया भी बदरीधाम हो आई हैं, वह श्यामला अब भी तापसी जीवन जिए जा रही है।

दस साल पहले के वे दिन चाहने पर भी नहीं भुलाए जाते। दिन में याद न भी करे, पर रात में नींद न आने पर, या सपनों में, अभी भी वह आँगन है, एक किनारे बरसाती अमरूद का पेड़, तार पर पड़ी सूखती इकलाइयाँ और जिया की खोपें भरी हुई जोड़े की धोती। शाम के मनहूस-से धुँधलके में दीदी निःशब्द रोती जाती हैं, इंटर में दो बार फेल हो चुकी हैं, हर बार इंगलिश आड़े आ जाती है। कुमुद कहीं से गीत सीख आई है और अपने-आप गुनगुना उठती है, जिया बरामदे में अँगीठी पर मसाला भून रही हैं, और प्रकाश के बाज़ार से लौटने की प्रतीक्षा में हैं।

ताज्जुब है, तब कभी न लगा था कि यही ज़िन्दगी के मधुर दिन हैं, सब साथ थे, आपस में प्यार था, एक-दूसरे का दिल न दुखे इसलिए निरन्तर सबका ध्यान रखते थे, खास तौर से शम्मो का। रात को एक गिलास दूध एक हाथ से दूसरे हाथ जाता है, लिया जाता है श्यामला के लिए, पर श्यामला कभी नहीं पीती—आज प्रकाश को दे दो, कल कुमुद को। जब जिया निढाल होकर चारपाई पर पड़ जाती हैं तो श्यामला और सब बच्चों के हठ करने पर उन्हीं को वह पाव-भर दूध पीना पड़ता है।

वही शम्मो इतनी बदल गई है। जिया लल्लन चाचा के घर पड़ी हुई हैं, लल्लन के पास विनयनगर में एक छोटा-सा क्वार्टर है, चार बच्चों और पत्नी के साथ रहते हैं, उसी में जिया भी जाकर ठुँस गई हैं। पहले बार-बार ख़त में लिखा करती थीं कि समझ में नहीं आता कि शम्मो लौट क्यों नहीं आतीं और कॉलेज में क्वार्टर लेकर क्यों नहीं रहतीं ? यहाँ बच्चे हर वक़्त ऊधम मचाया करते हैं और रात में चारपाई बरामदे में जहाँ पड़ती है, वहाँ हर वक़्त पेशाब की बदबू आया करती है। बुढ़ापे में यह सब निभता नहीं। एक बार श्यामला ने झल्लाकर लिख दिया—बार-बार मुझसे झींखा न करो, जिया।

उसके बाद जिया ने चिट्ठी लिखना बन्द ही-सा कर दिया। कुमुद ने लिखा था—तुम्हारा नाम लेते ही जिया की आँखों से झर-झर आँसू गिरने लगते हैं। एकदम सूख गई हैं। बहरहाल, प्रकाश कहते हैं कि उन्हें बुलाने का प्रबन्ध कर दो तो जर्नलिज़्म में डिग्री ले लें। यहाँ तो कोई स्कोप नहीं है। जो भी हो सके, करो न दीदी, तुमने जब इतना सब किया है तो थोड़ा और सही।

प्रकाश का भी एक ख़त बम्बई से आया, क्षुब्ध, उदास, आग्रह-भरा। यहाँ क्रिएटिव पर्सन के लिए कोई आउटलेट नहीं है, वहाँ तो कई सम्भावनाएँ हैं, टेलीविजन, फिल्म-मेकिंग...

वह ख़त भी, काग़ज़ों में नीचे कहीं दबा रह गया, श्यामला कई सप्ताहों मन ही मन जवाब लिखती रही, रोज़ वही बात एक नए ढंग से लिखने को सोचती, पर कलम लेकर बैठने के ख़याल-से सकुचा जाती। जिया को चिट्ठी लिखकर मन ही मन अन्दर कुछ बहुत कचोटता रहा, जिन जिया ने तरह-तरह के दुख चेहरे पर शिकन लाए बिना सह लिए, उन्हीं को वह ऐसी कटु बात निर्भय होकर कैसे लिख सकी ? आत्म-भर्त्सना की मनःस्थिति जब बीत जाती तो उसे बड़ा गुस्सा आ जाता, एक निरुपाय, बेसहारा आक्रोश, कर तो दिया सबके लिए, जितना हो सका, जैसे जिया ने चाहा, पर अब भी क्यों वह बोझ ढोए जाए। बाबू की मृत्यु के बाद, उसने घर सँभाल लिया था, एक भावुक कर्तव्य के वश, पर अब क्यों वे सब उसे अपनी ज़िन्दगी नहीं जीने देते—जैसे भी वह चाहे। श्यामला ने अपने चारों ओर एक नज़र घुमाई और उस उजली धूप में कॉटेज़ का 'शैबीपन' नए सिरे से देखा। जगह-जगह दीवारों से झड़ता पेंट, सफ़ेद और नीले प्लास्टिक के परदे, जिन पर मैल और धूल इतनी जम गई थी कि सफ़ेद रंग स्थायी रूप से मटमैले रंग का हो गया था। नीलामों में ख़रीदा, पुराना, चरमरा फर्नीचर, खूँटी पर लटकता दीमक खाया उसका फर का ओवरकोट जो किसी ने दानखाते दे दिया होगा, और वह पुराने कपड़ों की दूकान से ख़रीद लाई थी।

श्यामला ने तटस्थ भाव से उस फ़्लैट को याद किया जो कि सर्जन उसके लिए लेना चाहता था।

"मैं उतना किराया कहाँ से लाऊँगी ?"

"किराए की तुम्हें फिक्र न करनी चाहिए।" सर्जन ने हल्के से कहा—"अगर पसन्द आए तो ले लो।" उसने अस्वीकृति में सिर हिला दिया। मन में एक विद्रोह-सा जाग उठा। मैं उस कॉटेज़ को ही अफोर्ड कर सकती हूँ, अगर तुम्हें वह अरुचिकर लगती है तो, श्यामला ने अब सोचा कि, जब बाज़ार जाने का

सुभीता होगा तो कम से कम नए परदे लाकर टाँग देगी और...न न, कॉटेज़ सँवारने का मतलब है कमिटमेंट, और कमिटेड वह होना नहीं चाहती, जब भी मन हो तो पाँच मिनट के नोटिस पर यह कॉटेज़ छोड़ देने का विकल्प वह रखना चाहती है।

कॉटेज़ के पिछवाड़े देवदार वृक्षों का जो जंगल था, उनमें जाड़े की कँपकँपाती, तुषारभरी हवा जागी और बार-बार उन्हें झकझोरने लगी। श्यामला बैठी हुई वह हहराता स्वर सुनती है, और विद्यापति के 'सखि हे हमर दुःखेर नहि ओर' को अंग्रेजी में सजाते हुए कभी-कभी आँखें उठाकर बाहर देख लेती है कि ताज़ी गिरी, भुरभुरी बर्फ़ छतों, पेड़ों से, उड़-उड़कर नीचे गिर रही है, और फिर दैत्याकार 'स्नो-प्लाउ' आकर वह सारी बर्फ़ सड़क से हटाकर किनारे-किनारे ऊँची मुँडेरों में सजा देता है। उसके जाने के बाद फिर वही सन्नाटा। सिर्फ़ झाड़ियों में गौरैयों का सहसा चहचहा उठना और उड़ जाना।

फ़ोन बजता है तो वह चौंक उठती है, पेंसिल नीचे रख वह फ़ोन की ओर बढ़ जाती है और उठाते हुए सोचती है, आज कितनी चमकदार धूप निकली है, आँखें चौंधिया रही हैं। बाएँ हाथ से बाल की लटें खोंसते हुए वह कहती है—"हलो !"

शायद सर्जन हो, यह उम्मीद एक क्षण को कौंधी थी, एक अनजानी आवाज़ सुनकर मिट गई। उसने बड़े औपचारिक स्वर में कहा—"जी हाँ, मैं ही मिस वर्मा हूँ, कहिए।"

"मैं इंडियन एसोसिएशन का सेक्रेटरी मेहता हूँ। आपको..." उसकी आवाज़ का संकोच श्यामला सुन रही है और जो भी प्रार्थना वह करेगा, उसे अस्वीकार करने की प्रतीक्षा में है।

"आपको" वह जैसे एकदम साहस बटोरकर एकदम कह डालता है—"यह सूचना देने के लिए फ़ोन कर रहा हूँ कि आज सुबह मिस कपूर की डेथ हो गई है, शाम को हमलोग कंडोलेंस मीटिंग कर रहे हैं...आप अगर आना चाहें..."

"आपका मतलब सुनीता कपूर से है ?" श्यामला को पूरा मतलब ग्रहण करने में कुछ क्षण लगे।

"जी हाँ। आप तो जानती थीं उन्हें। भारत से आकर, वह कुछ दिन आपके पास रही थीं, फ़्लैट मिलने तक।"

"सुनीता ?"

"जी हाँ।"

"क्या हो गया था ?" श्यामला ने पूछा और बिना सोचे कह उठी—"अभी कुछ दिन पहले देखा था, तब तो ठीक थी"—कहते ही याद आया और वह चुप हो गई।

मेहता ने मन्द स्वर में कहा—"सुइसाइड करने की कोशिश की थी। कई दिन तक अस्पताल में थीं।"

फ़ोन के बन्द हो जाने पर भी श्यामला फ़ोन के पास खड़ी रही, स्तम्भित, अवसन्न, बाहर की धूप जैसे कुम्हला गई थी, और श्यामला के दिल में एक अनजानी ऐंठन-सी शुरू हो गई।

जाड़े की साँझ में चार बजे अँधेरा हो जाता है, ट्रांसप्लांट का भार दूसरे डॉक्टर को दे सर्जन लौटकर चाभी से दरवाज़ा खोलता है, धुँधलके में श्यामला मेज़ पर सिर टिकाए बैठी है।

उसके कन्धों को एक बार आत्मीयता से दबाकर वह छोड़ देता है, ओवरकोट उतारकर डाल देता है और टेबिल लैम्प जलाकर फिर श्यामला के पास लौट आता है।

बत्ती जलने पर श्यामला ने सिर उठाया, आँसू सूख चुके हैं, पर सूजी हुई पलकों के नीचे अन्दर की यातना झलक रही है।

"जो लड़की आज सुबह मरी, भारतीय थी ?" वह पूछती है।

"हाँ।" सर्जन ने धीरे-से कहा।

"तुमने मुझे बताया नहीं ?"

सर्जन कुछ देर पास खड़ा रहा, श्यामला को छुआ नहीं, फिर कुर्सी खींचकर उसके पास डॉक्टर की मुद्रा में बैठते हुए कहा—"तुम उसे जानती थीं। तुम्हें अपसेट नहीं करना चाहता था।"

"कैसे मरी ?"

"क्या करोगी डिटेल्स जानकर।" सर्जन ने कहा—"तुम्हें मालूम ही है कि तीन दिन से हमारी बेस्ट मेडिकल टीम उसे बचाने की कोशिश कर रही थी।"

"नहीं, मुझे बताओ।" श्यामला ने क्रूर होकर कहा।

"मशीनों से हमने हार्ट को जिला रखा, पर कल रात से मशीनें भी कारगर न हुईं। पर रानी, तुम अपने को टॉर्चर क्यों कर रही हो ?"

"तुम नहीं जानते !" श्यामला को आगे कहने में कुछ क्षण लगे, उमड़ते आवेग को किसी तरह दबाकर उसने कहा—"वह कुछ दिन पहले मेरे पास आई थी। चाहती थी कि तुमसे कहकर मैं अबार्शन आरेंज करा दूँ। बच्चे का पिता

उसे छोड़कर–'' उसने निचला होंठ दाँतों से दबाकर अपने को सन्तुलित किया–''कैलीफोर्निया चला गया था। उधर भारत से उसके पेरेंट्स और मँगेतर उसे लौट आने के लिए ज़ोर दिए जा रहे थे।''

''तुमने क्या कहा उससे ?'' सर्जन ने कोमल, पर क्लिनिकल लहजे में पूछा।

''मैंने कहा कि तुम कभी राजी न होगे। और मैं तुम्हारे आगे ऐसी माँग रखूँगी भी नहीं। मैंने कहा कि वह साहस कर अपने पेरेंट्स को साफ़-साफ़ सारी बात लिख दे। पर वह केवल उन्नीस साल की भोली-भाली लड़की थी–एकदम हेल्पलेस, भीरु...

श्यामला ने फूट-फूटकर रोना शुरू कर दिया। सर्जन ने सहारा नहीं दिया। रोने दिया। पहली बार गहरे भावों को उमड़ता देख रहा था, उसी अलगाव से जैसे बहुत दिनों से धीरे-धीरे पके फोड़े को फूटता हुआ देखें।

श्यामला रोई, और चुप हो गई। रसोई में जाकर मुँह धोया, साड़ी के आँचल से पोंछा और वापस आकर बैठ गई।

''मुझे सारे दिन उसका चेहरा हांट करता रहा। दरवाज़े से जाते समय उसने जैसी दृष्टि से देखा था, वह बार-बार कलेजे को काटती रही।''

''शी वाज अ ब्यूटीफुल गर्ल !'' सर्जन ने कहा।

रात हो चुकी है, श्यामला पलंग पर लेटी हुई मोमबत्ती की लौ को ताकती हुई कहती है–''तुम बराबर जानते थे न, कि मैं ग़लत हूँ। मैं इतने दिनों एक झूठ की आड़ में रहती रही, लोगों को हर्ट करती रही, और तुम्हें भी, पर मेरा यह अनइनवोल्मेंट, यह निस्संगता केवल पलायन है, अब सुनीता मर चुकी है और मेरे पास सिर्फ़ एक गहरी गिल्ट बची है।''

''अपने को त्रास न दो, श्यामला।''

''पर मैं चाहती तो उसे बचा सकती थी। बचा सकती थी न ?''

श्यामला उठकर बैठ गई और बोली–''अगर मैं लौट जाऊँ तो ?''

कन्धे पकड़कर उसे लिटाते हुए सर्जन ने कहा–''अब सो जाओ श्यामला! कल सुबह बात करेंगे।''

एक लम्बी साँस। बाहर देवदार वृक्षों में हवा का स्वर।

# प्रतिध्वनियाँ

चाहने पर भी वह सुधा जीजी से नहीं कह सकी कि उसके अकस्मात लौट आने का कारण सैर-सपाटा नहीं, बल्कि डॉक्टर जूलियन के शब्दों में 'थेराप्यूटिक' यानी उपचार के लिए है। जीजी की गाड़ी उसे एयरपोर्ट से लेकर सीधी नैनीताल चल दी और पीछे आराम से बैठते हुए उसने जाना कि दिल्ली में एक घंटे भी न रुकने का उसे ज़रा भी दुख नहीं है। दोनों बच्चे पन्द्रह साल से ऊपर ही थे कि जीजी को फिर एक बेटा हो गया। पहले तो लज्जा आई। पर कुछ दिन बाद सब बीत गया था। और अब राजू सबके लाड़-प्यार का केन्द्र बना हुआ था। जीजी ने राजू के कमरे में ही उसका पलंग डलवा दिया।

आया ने पास आकर शरमाए राजू को उसकी ओर धकेलते हुए कहा, "जाओ न राजू, मौछी हैं, मौछी !"

सूटकेस का ढकना उठाए-उठाए वह सम्भ्रम से उस छोटे-से लड़के को देखती रही। आया से सटा राजू भी उसे कुतूहल से देखता रहा और उसने जब बाँहें बढ़ाकर कहा, "आओ बेटे !" तो वह भागकर आया के पीछे छिप गया। जीजी की कोठी इस समय देवरानियों, जेठानियों, बन्धु-बान्धवों से खचाखच भरी हुई थी। सबके नाश्ते, खाने, रात के भोजन, दूध के इन्तजाम, धोबी से झिक-झिक, इन सबमें उलझे हुए जीजी का सारा समय निकल जाता था। शाम को जूड़ा बाँध, साड़ी पहन थोड़ी देर टहलने निकल जाएँ, तो बहुत गनीमत थी। फिर भी दो-एक बार देवरानी-जेठानी के झुंड से अलग पड़ जीजी ने पूछ ही लिया, "इस बार बड़ी जल्दी आना हुआ तुम्हारा !"

अगर और समय होता, तो शायद वह कुछ कहती, मगर पान और चूड़ियों की दुकान के बीच की रेल-पेल में वह क्या कहती ! हल्का-सा मुस्कराकर कहा, "फिर कभी बात करूँगी।"

फिर कई दिन वह इस प्रतीक्षा में रही कि शायद जीजी समय निकाल उसके पास आ बैठें, पर कुछ नए और राजनीतिक रूप से महत्त्वपूर्ण मेहमान

आ गए और तब तो जीजी को दम मारने की फुरसत न रही। कई दिन उसके पलंग पर पड़े रहने पर अक्सर बहनोई काशी को भेजते—"जाकर बीबीजी से कहो कि उठें और बाहर आएँ।" उसके बाहर आने पर कहा जाता—"कैसी लीचड़ हो गई हो ! शाम के वक़्त कोई यहाँ कमरे में पड़ा रहता है।"

वह बेंत की कुर्सी खींच बरामदे में बैठ जाती और लम्बे वृक्षों के बीच झील का तिकोना टुकड़ा देखती रहती।

वैसे उसने चाहा कि लोगों पर प्रकट न हो कि उसे भीड़-भाड़, शोरगुल से भारी अरुचि हो गई है। उसके लिए सबसे शान्तिप्रिय समय वह है, जब शाम को क़रीब-क़रीब सारे लोग तैयार होकर घर से चले जाते हैं और नौकर रसोई के बाहर बरामदे में बैठकर गप हाँकते हैं। तब खिड़की के बाहर हवा से पत्तियों की सरसराहट साफ़ सुनाई पड़ती है और इक्के-दुक्के पक्षी का स्वर। वह हमेशा ऐसे ही पड़ी रहना चाहती है। पर आया बिस्तर लगाना चाहती है, इसलिए उसे उठना पड़ता है। जीजी का शाल ओढ़कर वह कोठी के सामने टहलने लगती है। बहुत पहले यहाँ टेनिस कोर्ट था, उसे अपनी याद पर आश्चर्य हुआ। थोड़ी दूर हटकर झिंझरीदार दीवार थी, जो हमेशा साफ़, सफ़ेद पुती झकाझक चमकती रहती थी और बीच-बीच में खम्भों पर जिरेनियम के गमले रखे रहते थे। जीजी के ससुर को फूलों का शौक़ था। जीजी के ससुर उसे कितना मानते थे।

"बिस्तर लग गया, बीबीजी !" आया आकर कहती है।

"अच्छा !" अनमने स्वर में वह कहती है और चहारदीवारी के पास आकर खड़ी हो जाती है। नीचे, दूर, बिजलियाँ झिलमिलाती हैं। इस समय फ़्लैट पर ठठ-के-ठठ होंगे। हर्ष और उल्लास से उस कोलाहल से वह बहुत दूर है। कोठी की इतनी ऊँचाई पर, अलग है। जिसने बनवाई होगी...

वह कुछ और सोचने लगती है। दीवार खड़ी है। गमलों में फूल अब भी हैं। ताज्जुब है, उसने पहले ध्यान नहीं दिया था।

"मौछी, आइए..." राजू पुकार रहा है। आवाज़ सुनकर वह मुड़ती है और वरामदे में आकर राजू को गोद में उठा लेती है। और एक बड़ा-सा चुम्बन उसके माथे पर रख देती है। यह सब राजू के लिए ही है, क्योंकि राजू जीजी का पेटपुछना बेटा है और उसे राजू को प्यार करते देख जीजी को खुशी होती है। मौसी अकेले उसी को प्यार करती हैं, यह राजू भी जानता है। नहीं तो घर में और भी बच्चे हैं, सभी साफ़-सुथरे, स्वस्थ और आकर्षक हैं, पर उससे आकर कोई नहीं लिपटता, जैसे राजू लिपट जाता है। कभी-कभी वह कहता है, "मौछी

के छाथ हम भी जाएँगे, जहाज़ में चढ़कर !" शायद आया ने सिखाया हो। सब उसकी बातों पर हँसते हैं। आख़िर घर-मालकिन का बेटा है, और सभी उन्हीं की अनुकम्पा के सहारे नैनीताल में गर्मियाँ बिता रहे हैं।

राजू प्यारा है, इसमें शक नहीं। पर बच्चों की दुनिया से वह हमेशा ही कटी रही है। अब तो बड़ों के संसार में रहती है, उसमें टैलकम पाउडर से महकता, नित्य नए बाबा सूटों में सजा राजू कभी नहीं प्रविष्ट हो पाएगा, पर वह जानती है कि उसका राजू को प्यार करना औपचारिकता से ऊपर और कुछ नहीं है।

शाहजी के घर की दावत में सभी गए हैं—नौकर-चाकर, ड्राइवर, आया सभी। सिर्फ़ रसोइया रामदेव नहीं गया है और वह नहीं गई। रामदेव किसी और का छुआ नहीं खाता, और उसे शाहजी की चारों बहुएँ सख़्त बुरी लगती हैं। चारों गोरे रंग पर इस घर में लाई गई हैं, पढ़ी-लिखी नहीं हैं, पर हैं बेहद दम्भी और बेशऊर। जीजी ने चाहा कि उसे भी ले चलें, पर वह जिद पकड़ गई। जीजी ने खिन्न होकर कहा, "शाहनी कल बोट क्लब में इतना-इतना कह गई थीं, बुरा मानेंगी।"

वह बोली, "कह देना, उसके सिर में बेहद दर्द था। थोड़ा बुखार भी है।"

"मैं तो कह दूँ," जीजी ने मोती की माला गले में डालते हुए कहा, "पर इनकी भाभियाँ भला चुप रहेंगी ? मैं ही झूठी बनूँगी !

जितेन्द्र भाई बुरा मानकर चुप हो गए थे। बाँह पकड़कर उठाते हुए बोले, "चलो, उठ भी जाओ ! बहुत कर लिए नखरे !"

पर वह नहीं उठी। बोली, "सच, बिलकुल मन नहीं है।"

"अरे, रहने भी दो ! यह तो बचपन की जिद्दिन है ! एक बार जो मन में आ गया, वह करके छोड़ेगी ! ऐसा न होता, तो क्यों..."

जीजी बीच में चुप हो गईं। उसने कुछ नहीं कहा, हल्के-हल्के मुस्कराती रहीं। धीरे-धीरे लोग बाहर निकले। मँझली ने रुककर पूछा, "चल नहीं रहीं ?"

जीजी बोलीं, "उसके सर में दर्द है। यहीं आराम करेगी। रामदेव से कह दिया है, खाना खिला देगा।"

शाहजी के घर तक मोटर जा सकती है। तीन मोटरों में लद-फँदकर सबके चले जाने के बाद वह उठी और अपने पलंग पर बैठकर उसने पत्र लिखना शुरू किया :

"डॉक्टर जूलियन,

मैंने आपसे ठीक ही कहा था। मेरे चारों ओर एक जीवित, स्पन्दित संसार

है, जो मेरे लिए मर चुका है। इस सबके बीच मैं हूँ।"

लिखना छोड़ वह उठ खड़ी हुई, फिर बैठ गई और वह पन्ना फाड़कर चिन्दी-चिन्दी कर दिया, फिर नया पृष्ठ प्रारम्भ किया :

"प्रिय डॉक्टर जूलियन,

मैं कुछ दिन हुए, यहाँ सकुशल आ गई। मैं पाती हूँ कि मेरे चारों ओर जो संसार, जो सम्बन्धी हैं, सब मृत हैं। केवल मैं जीवित हूँ। कैसी विडम्बना है !"

लिखकर वह बड़ी देर बैठी सोचती रही। फिर इस पत्र को भी फाड़कर टुकड़े-टुकड़े कर दिया, और रजाई ओढ़कर लेट गई। रामदेव खाना जब तक देगा, तब तक वह एक झपकी ले सकती है। सर में सचमुच दर्द होने लगा था।

"बीबीजी," रामदेव दरवाज़े पर खड़ा होकर कह रहा था—"शाहजी के घर से थाल आया है आपके लिए।"

शायद वह कुछ मिनटों के लिए झपक गई थी। लेटे ही लेटे उसने कहा, "रख लो। टूटे पैसे हों, तो ड्राइवर को दे दो।

"एक रुपया दे दूँ ?" रामदेव ने पूछा। वह असमंजस में पड़ी रह गई—पता नहीं, जीजी ड्राइवर को क्या देती।

"अच्छा, दो दे दो।" उसने कहा।

रामदेव चला गया। बालों में कंघा फेरकर वह डाइनिंग रूम में चली गई और अलमारी से एक गिलास निकालकर उसने फ्रिज से सन्तरे का रस उसमें उँडेल लिया। इरादा अभी तक तो सिर्फ़ रस पीने का था, पर अब वह जीजी के कमरे तक आई—दवाइयों की अलमारी में जितेन्द्र भाई कुछ बोतलें रखते हैं, उसे यह पता था। बत्ती जलाकर उसने जिन की बोतल उठाई—ठंडी होती, तो अच्छा था। उसने बोतल बिना खोले वापस रख दी और बाहर बरामदे में आकर बैठ गई। अब वह कुछ नहीं सोच रही थी। दूर, बहुत दूर नीचे जो झिलमिलाती दुनिया थी, सिर्फ़ उसे देख रही थी। मन में छोटी-छोटी हिलोरें उठतीं—भूली हुई यादों की, खोए हुए चेहरों की आकृतियाँ लिए हुए—और मिट जातीं।

उसके पैरों के तलवे ठंडे होने लगे और पूरे शरीर में झुरझुरी-सी आने लगी। उसने साड़ी का पल्ला कसकर बाँहों में लपेट लिया और बैठी रही। जब रामदेव ने आकर कहा, "बीबीजी, खाना लगा दूँ ?" तब वह चौंकी। उसे याद आया कि रामदेव साढ़े नौ बजे के शो में 'आदमी' देखना चाहता था।

उसने मेज़ पर आने के पहले बटुआ खोलकर पाँच रुपए का नोट निकाला और रामदेव को देते हुए कहा, "यह तुम्हारे लिए है।"

रामदेव ने झिझकते हुए कहा, "पर उसे तो दो ही दिए थे। बहूजी के हिसाब में डाल दूँगा।"

"सिनेमा जाओगे न, रख लो।"

रामदेव ने रुपए तब भी नहीं लिए। उसने बड़ी सहज, स्वाभाविक आवाज़ में कहा, "रख लो, रामदेव, बहूजी नाराज़ नहीं होंगी, और मेरे खाने का इन्तज़ार न करो। तुम खा लो और चले जाओ।"

रामदेव अपने पीछे किवाड़ भेड़ता हुआ चला गया। उसने अभी खस्ता कचौरी का एक ग्रास ही खाया था कि बाहर मोटर रुकने की आवाज़ आई। दरवाज़ा खुला और जीजी तेज़ी से अन्दर आई। उसे खाने की मेज़ पर देखकर ठिठककर रुकीं, उनके पीछे आया थी—राजू को लिए।

"तुमने अभी खाना खाया नहीं !" आया के वहाँ से चले जाने पर जीजी कुर्सी खींचकर पास बैठ गईं।

"क्या बात है ? कहो," उसने कहा।

"तुम खा लो तो बात करेंगे," जीजी ने कहा।

उसने कहा, "ऐसी भी क्या बात है ?"

तब जीजी ने कह डाला—"शाहजी के यहाँ श्यामल मिले थे, रुचिरा को लेकर आज दोपहर ही आए हैं।"

"तब ?" वह स्वयं जानती थी कि यह प्रश्न नहीं था, केवल जीजी को उकसाकर आगे कहने का प्रयास मात्र।

"सुनो, वसु" जीजी ने कहा, "मैंने कभी तुमसे या श्यामल से न पूछा, न तुमने बताया। बताओ, श्यामल तुम्हें साथ न लाकर अकेले क्यों लौटे थे ? क्या तुम इस बार उन्हें डाइवोर्स करने लौटी हो ?"

उसने अपनी बड़ी बहन के चेहरे की ओर देखा, फिर कहा, "किसने कहा कि मैं डाइवोर्स करने लौटी हूँ ?"

जीजी चुप रहीं। फिर धीरे-से बोलीं, "सभी का यही ख़याल है, नहीं तो घर-बार होते हुए तुम यहाँ क्यों आतीं ?"

"तुमने उन्हें बताया कि मैं यहाँ हूँ ?"

"कैसे न बताती ! तुम्हारी बिटिया ठीक सामने बैठी थी। कैसे न कहती !"

"ठीक ही है," उसने पापड़ उठाकर कुतरना शुरू किया, फिर जीजी को

देखती हुई बोली, ''जीजी, डाइवोर्स तो हमारा उनके लौटने के पहले ही हो गया था। और हुआ भी था उन्हीं की तरफ़ से। एक तरह से अच्छा ही हुआ। एक 'मीनिंगलेस-सी रस्म' ने हमें बाँध दिया था। अब हम दोनों ही मुक्त हैं।''

जीजी जब उद्विग्न होती हैं, दाँतों से निचला होंठ काटने लगती हैं।

''इतनी बड़ी बात हो गई और तुमने मुझे बताया तक नहीं।''

''क्या बताती ! पिछली बार जब मैं आई थी, तो राजू होनेवाला था, तुम बराबर पलंग पर थीं। मैं उसमें अपना दुखड़ा लेकर बैठती ? सच तो यह है कि मेरा दुख तब तक बीत चुका था।''

''श्यामल आएँगे, तो मिलोगी ?''

''क्यों नहीं !...रुचि कैसी लगती है ?''

उसने थाल सरका दिया। जीजी ने कहा, ''कुछ दुख नहीं है ! न खाती हो, न पीती हो ! मुँह लम्बा किए बैठी रहती हो !''

''वह तो पुरानी आदत है !'' उसने मुस्कराने का प्रयत्न किया। वह जानती थी कि जीजी का मन यह जानने को कुलबुला रहा होगा कि डाइवोर्स का कारण क्या था, कि वह श्यामल को छोड़कर चली गई थी—श्यामल के नीचे काम करनेवाले एक पोस्ट-डाक्टोरल फेलो के साथ। यह वह नहीं कह पाएगी—कम से कम जीजी से, क्योंकि घर-परिवार में रमी पक्की गृहस्थिन जीजी इस बात को समझने से बिलकुल इनकार कर देंगी। उनके लिए तो जो बिंधा सो मोती, या गले पड़ा ढोल तो बजाना ही पड़ेगा।

रात को सब लोग थके-थकाए लौटे और थोड़े-से शोर-गुल के बाद बत्तियाँ बुझ गईं। सिर्फ़ जीजी के कमरे में टैबल लैम्प जलता रहा, क्योंकि भाई साहब के मैनेजर सुबह आए थे और वह दफ़्तर में बैठे अब भी हिसाब-किताब कर रहे थे।

शायद वह सो गई थीं, क्योंकि जीजी के कमरे का बाहर का दरवाज़ा बन्द होने की खट के साथ उसकी आँख खुल गई। पानी पीने उठी, तो जितेन्द्र ने पुकार लिया—''थोड़ी-सी ब्रांडी लोगी ?''

''नहीं।'' पर वह बीच की देहरी पर आकर खड़ी हो गई।

''मुझे कुछ ठंड लग गई है,'' ढकना खोलते हुए जितेन्द्र बोले।

''इन्हें तो बहाना चाहिए !'' जीजी ने निंदासी आवाज़ में कहा।

सोने के पहले जब वह राजू को चेक करने आए, तो वह जग रही थी। उसके पलंग के पायताने खड़े होकर उन्होंने कहा, ''सुधा ने बताया, तुम्हारा श्यामल से पक्का डाइवोर्स हो चुका ?''

“हाँ।”

“क्या बात थी ? किसी और के चक्कर में पड़ गई थीं ?” भाई साहब की उत्सुकता भी कभी वल्गेरिटी के बहुत निकट आ जाती है।

“कुछ ऐसा ही समझिए !” कहने के साथ उसने करवट लेकर जितेन्द्र की ओर पीठ कर ली।

सुबह नाश्ते पर उसने सबको सुनाकर जीजी से पूछ लिया कि श्यामल कहाँ ठहरे हैं। और दस बजे घर से निकल गई।

होटल उसका जाना हुआ था। श्यामल वैसे तो इधर आते ही नहीं थे, पर जब आते थे, तो यहीं ठहरते थे। एक बार वे दोनों अक्तूबर में आए थे, जबकि पूरा होटल शान्त और निस्तब्ध था। सीढ़ियाँ चढ़ते हुए बड़ा अजीब-सा लगा। ईंट, पत्थर, लकड़ी के ज़ीने, इमारतें नहीं बदलतीं, केवल वही व्यक्ति नहीं रहते। उसकी दृष्टि अपने-आप उधरवाले कमरे पर चली गई, पर अब बालकनी में दो बच्चे खेल रहे थे।

श्यामल का कमरा बन्द था। उसे हल्का-सा खेद हुआ, इतनी चढ़ाई के बाद थक गई थी। इसलिए लौटने के पहले वह ख़ाली बालकनी में बैठ गई और खम्भों पर लिपटे ड्रंकेन सोल्जर फूलों की सुगन्ध पीने लगी।

वह मन ही मन दोहरा रही है अतीत में घटा एक दृश्य, जो श्यामल का सामना करने के लिए उसे साहस देगा। डॉक्टर जूलियन हाथ में नोटबुक लिए नोट्स ले रहे हैं, चेचक का टीका तो दो साल हुए लगा था, वह अभी वैलिड है, फिर नए लगेंगे—टाईफाइड के तीन, हैजा, डिप्थीरिया, टिटनेस, पोलियो का बूस्टर और येलो फीवर।

उसने मुँह बिसूर लिया। कभी-कभी वह बिलकुल बच्ची बन जाती है। इंजेक्शनों से वैसे ही उसे डर लगता है।

“इतने सारे शॉट्स देंगे ?”

“हाँ, तुम्हें हमने ज़िन्दा रखने की ठान ली है।”

वह मेज़ पर लेट गई—औंधी होकर।

डॉक्टर जूलियन वाकई ऐसे इंजेक्शन देते हैं कि सिर्फ़ चींटी के काटने से ज़्यादा दर्द नहीं होता। नई सुई भरते हुए जूलियन कहते हैं, “तुम्हें कभी अपने पति के पास लौटने का ख़याल नहीं आया ?”

“हाँ, आया। कभी-कभी। ही इज रियली स्वीट। मगर सम्भव नहीं है,” उसने अँगूठी को उँगली से उतारते-चढ़ाते हुए कहा।

"क्यों ? तुम्हें उनसे अब भी लगाव है न ?"

"हाँ, अभी भी। थोड़ा-थोड़ा।" फिर रुककर बोली, "पर वह मुझे स्वीकारेंगे नहीं।"

"आर यू श्योर ?" सुई की चुभन।

"ऊ ऽऽऽऽ ह," उसने दर्द से कहा।

"क्यों वसु, क्यों नहीं ?" डॉक्टर ने मेज़ के पास लौटकर दूसरी सुई उठाते हुए पूछा।

"शारीरिक पवित्रता के बारे में उनके विचार बहुत दृढ़ हैं। फिर मेरी प्राइड भी तो है।"

"मगर तुम्हें अपना देश मिलेगा, अपनी बेटी !" डॉक्टर ने दूसरा इंजेक्शन देने के बाद उसकी बाँह हल्के-से रगड़ते हुए कहा।

इस बार उसने दर्द से सी तक न की। गरदन मोड़कर डॉक्टर को भरपूर नज़र से देखते हुए उसने सधे, सम स्वर में कहा, "मेरे लिए सारी दुनिया कालापानी है ! सारे लोग मरे हुए हैं !"

"क्या मैं भी ?" डॉक्टर का हाथ बहुत हल्के-से उसकी बाँह पर एक बहुत लघु क्षण टिका रहा। डॉक्टर अन्तर्राष्ट्रीय सर्टिफिकेट में लिखने लगे, पर उनके चेहरे पर किंचित मुस्कान थी।

"मे बि येस, मे बि नो," उसने उत्तर दिया।

"तो कौन ज़िन्दा है उस दुनिया में ?"

"शायद कोई नहीं। न पति, न प्रेमी, न मित्र, न सन्तान, न मैं।"

"वसु, तुम्हें जाकर देखना चाहिए कि यह सब तुम्हारा विचार-मात्र है, या ऐसा सचमुच है।"

"और अगर सचमुच हुआ, तो ऽ ऽ ?" वह पूछ बैठी।

"तो फिर हम उपचार करेंगे !"

"कैसे ? सबको संजीवनी पिलाकर ? या मुझे पागलख़ाने में डालकर ?"

"नहीं। हम तुम्हें नया संसार गढ़ना सिखाएँगे," डॉक्टर ने उसे सर्टिफिकेट थमाते हुए कहा।

"आइ एम टू टायर्ड फॉर दैट।" वह उठ खड़ी हुई थी।"

ज़ीने पर पदचाप सुन वह उसी ओर देखने लगी, बाँहों पर दुपट्टा झुलाती पहले रुचि दिखाई पड़ी, फिर श्यामल ! रुचि कितनी लम्बी हो गई ! और श्यामल के बाल कितने सफ़ेद !

"अरे, आप ! मम्मी !" रुचि के मुँह से निकला। श्यामल किंचित चकित दिखे, पर सामान्य अभिवादन के बाद पूछा, "कितनी देर से इन्तज़ार कर रही हो ?"

"ज़्यादा नहीं, बस पन्दह-एक मिनट हुए होंगे।" वह उठ खड़ी हुई। ताला खोलकर रुचि ने उसे अन्दर बैठाया और पूछा, "क्या लेंगी आप ? चाय, क़ॉफी या शरबत ? और आप डैडी ?"

रुचि ने उसे आज से पहले कभी मम्मी नहीं कहा था। छोटेपन में दादी की देखा-देखी 'बऊ' कहती थी, या शैतानी से 'बछू।'

उसने कहा, "एक प्याला चाय ठीक रहेगी।"

"मेरे लिए भी चाय," श्यामल ने कहा।

रुचि के चले जाने पर पहली बार दोनों ने एक-दूसरे को ठीक से देखा। बात श्यामल ने शुरू की—"अच्छी तरह तो हो न ?"

"हाँ। और आप ?"

"ठीक हूँ।"

कुछ देर मौन के बाद वसु ने कहा, "रुचि लम्बी हो गई है ! तेरहवें में है न ?"

"हाँ।" यद्यपि दोनों में किसी को यह याद दिलाने की ज़रूरत न थी।

"किस काम से आना हुआ ?" श्यामल ने पूछा।

श्यामल की इस बेहद औपचारिक, बेहद शिष्ट आवाज़ से वह परिचित थी। उसी को आज अपने लिए सुनकर उसे कुछ झटका लगा, कुछ निराशा भी हुई, क्योंकि यह संकेत था कि श्यामल दोनों के बीच औपचारिकता की एक दीवार खड़ी कर रहे हैं। वह कैसे कुछ कह पाएगी ? फिर ख़याल आया कि जैसी फ्रैंक होकर वह डॉक्टर से बात कर सकती है, वैसा खुलापन श्यामल के साथ कभी न आएगा। फिर सोचा, खुलापन इस विवाह में था ही कहाँ ?

"मन कुछ ऊब गया था। चेंज के लिए आ गई।"

श्यामल की भवें ऊपर उठीं—"चेंज के लिए क्या गर्मी में भारत आया जाता है ? चेंज यहाँ क्या होगा ?"

"अच्छा ही है। जीजी, बच्चे, आप, रुचि से भी मिलना हो गया।"

तभी रुचि लौट आई और पलंग की पाटी पर बैठ उनकी ओर देखने लगी। कमरा बहुत बड़ा था। आधे में सोफा व तीन कुर्सियाँ डालकर बैठने का प्रबन्ध था। कुछ दूर हटकर दो पलंग पड़े थे।

"पिछली बार..." रुचि अकस्मात बोली और स्वयं ही लजाकर चुप हो गई।

"पिछली बार क्या ?" वसु ने पूछा।

कुछ शरमाते हुए रुचि बोली, "इस बार आपने बाल कटा लिये हैं न ?"

"हाँ, आसानी रहती है। लम्बे बालों को जाड़े में धोने-सुखाने में बड़ा झंझट होता है।"

"वहाँ तो बहुत ब्यूटी-पार्लर होंगे ?"

"हाँ, हैं तो। बस, समय नहीं मिलता !"

बैरे ने दरवाज़े पर दस्तक दी और फिर चाय की ट्रे लेकर अन्दर आ गया। चाय वसु ने ही बनाई, चम्मच शक्करदानी में डालते हुए पूछा, "चीनी तो अब भी एक ही चम्मच लेते हैं न ?"

"हाँ," श्यामल ने कहा।

रुचि के लिए कोकाकोला था, उसे देकर वसु ने अपने लिए चाय बनाई और उस सन्नाटे में एक बड़ी लम्बी साँस उभर आई।

"चढ़ाई से थक गई !" उसे ढकते हुए वसु ने कहा।

दोनों ने चाय चुपचाप पी, जैसे बात के लिए कुछ शेष न रहा हो।

ख़ाली प्याला रखते हुए उसने रुचि से घर-परिवार का हाल पूछना शुरू किया—"बड़ी अम्मा कैसी हैं ?"

"पहले से अच्छी हैं।" रुचि ने उत्तर दिया, "उठकर बैठ जाती हैं। बातचीत भी अब साफ़ कर लेती हैं। घर वग़ैरा बड़ी बुआ सँभालती हैं।"

बड़ी बुआ और बड़ी अम्मा तो शुरू से ही श्यामल का घर सँभालती आई थीं। वसु के होने पर भी, अब वसु नहीं है तब भी। सब कुछ वैसे ही चला आ रहा है।

पड़ोसियों में वसु को कोई दिलचस्पी नहीं थी। फिर भी वह सुनती रही। कुछ देर बाद उठते हुए उसने कहा, "अब मुझे चलना चाहिए। जीजी इन्तज़ार करेंगी। आप कब तक हैं ?"

"यही दो-तीन दिन। तुम ?"

"मेरा कुछ तय नहीं है।" उसने पर्स उठाते हुए कहा, "आप और रुचि चलिए, खाना जीजी के पास खा लें।"

श्यामल और रुचि ने एक-दूसरे को देखा। श्यामल ने माँ को पीछे छोड़ आने का कारण क्या रुचि को बताया होगा ? जो भी कहा हो, कम से कम रुचि को माँ के प्रति वितृष्णा नहीं है।

"क्या बेटा ?" श्यामल ने रुचि से पूछा।

"अच्छा।" रुचि ने कहा।

उतराई पर श्यामल और रुचि के बीच चलते हुए उसे सहसा अच्छा लगने लगा। डॉक्टर जूलियन का सुझाव इतना असम्भव तो नहीं है। नया संसार गढ़ने से पुराने संसार में ही लौट जाना क्या ज़्यादा अच्छा नहीं है ? और विशेषकर तब, जबकि दोनों ही संसार मात्र प्रतिध्वनियाँ हों।

खाने के बाद वह अपने पलंग पर आकर लेट गई। रुचि के पास आकर बैठने पर वह एक ओर सरक गई और कहा, "थोड़ा आराम कर लो, रुचि !"

रुचि कुछ सकुचाते हुए, पट्टी से सटकर लेट गई। काफ़ी देर तक दोनों पीठ के बल, आँखें मूँदे लेटी रहीं। फिर रुचि ने कहा, "मम्मी, आप फिर चली जाएँगी ?"

"मालूम नहीं, क्यों ?"

"मैंने कल रात डैडी से पूछा था। उन्होंने कहा : आपको यहाँ की बँधी हुई ज़िन्दगी पसन्द नहीं है, खासकर वहाँ रहने के बाद।"

उसके पास इसका कोई उत्तर नहीं था। रुचि को शायद कभी भविष्य में वह समझा सके, पर आज नहीं।

"तुम्हारे लिए तो मैं अनजान ही हूँ, रुचि !"

"नहीं, एकदम अनजान तो नहीं। कितने लोग आपकी बातें करते हैं। मुझे औरों का नॉर्मल घर देखकर कभी-कभी महसूस होता है कि आप घर होतीं, तो अच्छा रहता।"

वह चुप रही। किसी अनजान क्षण में रुचि गर्भस्थ हुई और पैदा होते ही सास द्वारा छीन ली गई। बहुत कम उम्र की और अल्हड़ है। फिर बेटे ने बड़ी उम्र में शादी की है। वसु श्यामल का खिलौना है, रुचिरा दादी का। श्यामल के उस वर्ष फिजिक्स में विजिटिंग प्रोफ़ेसर होकर विदेश जाने पर भी बड़ी अम्मा ने पाँच साल की रुचिरा को रोक लिया था। वसु के बेहद जिद करने पर भी श्यामल ने माँ का ही पक्ष लिया।

विवाह के उन छह वर्षों की सारी गाथा रुचिरा से कैसे कहे ? कैसे कहे कि मुक्त होकर उसे पहली बार लगा था कि वह एक आकर्षक युवती है, उमंगें और कामनाएँ मरी नहीं हैं। अपने में निहित, स्वतन्त्र, पूर्ण व्यक्तित्व को पाना कितनी बड़ी उपलब्धि थी ! और श्यामल के अंकुशों से निकल कितना हल्का-हल्का लगता रहता था ! और कितने मादक थे वे अस्थायी

सम्बन्ध—नलिन, पटनायक, विंस...! बेटी पास लेटी हुई है और वह अपने जीवन में आए पुरुषों के नाम गिन रही है।

उसने आँखें खोलकर रुचि को बड़े ठंडे, तटस्थ भाव से देखा। जैसी मीनिंगलेस श्यामल से विवाह की रस्म थी, वैसा ही रुचि का जन्म भी एक बायलॉजिकल घटना से अधिक न था। वह उठकर बैठ गई और कहा, "जाऊँ, रामदेव से कॉफ़ी के लिए कह दूँ।"

अगला दिन। चारों ओर खिली हुई धूप। वुडिंगटन शहर में आजकल पानी बरसता होगा, घास-फूस बेहद बढ़ गई होगी। शायद फूल भी—बिगोनिया, डैलिया। आजकल सभी छुट्टी मना रहे होंगे—पूर्वी से पश्चिमी तट तक, यहाँ तक कि डॉक्टर जूलियन भी, जिन्हें कि रविवार तक को अस्पताल से छुट्टी नहीं मिलती। डॉक्टर एक ग्रुप के साथ पूर्वी यूरोप और रूस का दौरा करने गए हुए होंगे। वसु रुचि और श्यामल के साथ चलती हुई सोच रही थी।

"आप कुछ दिन हमारे साथ चलकर रहतीं, तो अच्छा होता। बड़ी अम्मा से भी मिल लेतीं," रुचि कहती है। श्यामल ने नीचे ले जाकर उन्हें कॉफ़ी पिलाई है। अब वे वापस लौट रहे हैं।

वह उत्तर में क्या कहे ? 'घर ?' कहाँ है अब घर ? जहाँ श्यामल और बेटी है, या दो कमरोंवाला उसका अपना फ़्लैट ? क्या मेक्सिको में दिया गया डाइवोर्स भारत में वैध है ? वह यों ही सोचती है। लगता है कि कल से कमज़ोर पड़ती जा रही है। वह श्यामल को देखती है, श्यामल उसकी ओर देखते भी नहीं।

अच्छा, क्या श्यामल को उसका साथ इस समय भला नहीं लग रहा होगा ? कभी कितना प्यार करते थे ? तब वह प्यार नागपाश-सा लगता था। वह उसे बन्धन जानकर छटपटाती थी। मुक्त होना चाहती थी। अपने को खोजना चाहती थी। श्यामल की पत्नी होने के सन्दर्भ से कटकर जानना चाहती थी कि वह असलियत में क्या है। अब वह मुक्त है और कुछ मानों में उसने अपने को पा भी लिया है, जैसे कि वह जानती है कि वह आकर्षक भी है और बौद्धिक भी।

"तुम्हें कभी प्रेमी पाने के लिए सरदर्द नहीं होगा।" डॉक्टर जूलियन ने कहा था।

"क्यों ?" जानते हुए भी वह सुनना चाहती थी।

"अ ब्यूटिफुल माइंड ऐंड अ ब्यूटिफुल बॉडी," उत्तर मिला था। डॉक्टर

जूलियन उसके शरीर के इंच-इंच से परिचित थे।

पहली बार पुरुष डॉक्टर के सामने अनावृत आते वह कितनी झेंपी थी। नर्स उसे कमरे में बैठाकर, कपड़े उतारकर चादर लपेट लेने को कह गई थी। चादर आख़िर चादर ही थी, साड़ी तो थी नहीं ! टाँगें ढँकती, तो कन्धे खुल जाते। कई तरह से लपेटने पर भी कन्धे और टाँगें खुली ही रहीं। डॉक्टर जब कमरे में आए और बड़े ही मशीनी भाव से चादर हटाकर उसकी पीठ की परीक्षा करने लगे, तब उसकी दृष्टि नर्स से मिली और उसे लगा कि वह व्यर्थ ही इस क्षण को लेकर इतना चिन्तित थी। डॉक्टर के लिए वह कोई विशिष्ट व्यक्तित्व लिए युवती नहीं, केवल एक बीमार शरीर थी और उसके रोग को मिटाना ही डॉक्टर के मन में सर्वोपरि था।

तब से कितनी बार, कितने डॉक्टरों ने ठोंका-बजाया है। कान, गले, पेट, वक्ष की परीक्षा की है। कैंसर टेस्ट लिए हैं। वह सब अब उसके लिए भी रुटीन हो गया है। उस परीक्षा के कमरे में वह स्त्री नहीं रहती, डॉक्टर पुरुष नहीं रहता। भारत में तब हिन्दी-विरोधी आन्दोलन चल रहा था, टांसिलाइटिस के लिए दवा लिखते हुए डॉक्टर तमिल के बारे में बातचीत कर रहे थे। उसके बाद ही कोई न कोई बात निकल आती थी।

पिछली बीमारी के बाद बातचीत का धरातल बदल गया था। वह डॉक्टर जूलियन के पचासों मरीजों में एक, भारतीय युवती नहीं रही थी, वह वसु थी—अपना अलग व्यक्तित्व और अपनी अलग समस्याएँ लिए हुए।

शायद उसके लिए कुछ दिन श्यामल और रुचि के साथ ठहरना ठीक होगा। आख़िर इसी के लिए तो वह आई है। कम से कम एक कारण यह भी था। दूसरा कारण था कि डॉक्टरों ने धमकी दी थी कि यदि वह इसी प्रकार डिप्रेशन के वृत्त में फँसी रही, तो वह इमीग्रेशन ऑफिस को लिख देंगे कि उसकी मानसिक दशा इस लायक नहीं कि वह विदेश में अकेली रहे। और फिर वीसा अगली अवधि के लिए न बढ़ने पर उसे लौटना पड़ेगा। वसु ने वादा किया कि वह एक बहुत अच्छी लड़की की तरह रहने का प्रयत्न करेगी, खूब खाएगी, सोएगी और ढेर सारी नई साड़ियाँ ख़रीदेगी और श्यामल से मिलकर देखेगी कि भविष्य में क्या है। हो सकता है कि वह कोई नौकरी ले ले ! क्या मालूम ?

रहने के अलावा उसने कुछ नहीं किया था। श्यामल और रुचि संयोग से आ गए थे, तो उसे यहाँ से हिलना भी न पड़ा। रुचि ने फिर और कुछ नहीं कहा।

रात में उसने सपने में श्यामल को देखा। सुबह राजू के कमरे में जागकर उसे बड़ा अजीब-सा लगा। साथ ही जीजी की पोजीशन अपने सम्बन्धियों में कुछ अजीब हो आई है, यह भी उसने भाँप लिया। कई दिनों से श्यामल और रुचि के साथ समय बिता रही है, पर रात को वापस आ जाती है। उसके बारे में देवरानियों-जेठानियों को सभी कुछ आश्चर्यान्वित करनेवाला है। इसलिए जब जीजी ने उसी से श्यामल को कहला भेजा कि रुचि दोनों बड़े बच्चों के साथ सेकंड शो सिनेमा जाएगी और फिर रात वहीं गुज़ारेगी, तो उसे थोड़ी-सी हँसी आई।

"वहाँ रुचि कहाँ सोएगी ?" श्यामल ने कहा।

तब वसु को थोड़ा झटका-सा लगा। थोड़ी-सी रिजेक्शन की भावना भी हुई। साथ में यह भी जाना कि शायद वह श्यामल के साथ रात बिताने की राह देख रही थी—बहुत उत्कंठा से तो नहीं, केवल थोड़ी-सी क्यूरियॉसिटी के साथ। पर रुचि नहीं मानी—"मैं कनक जीजी के पास सो जाऊँगी। डैडी, अब तो हम जाने ही वाले हैं। समय कितना कम है ! कनक जीजी से मुलाक़ात फिर साल-भर नहीं होगी !"

वे तीनों रात का खाना साथ ले रहे थे। रुचि की इस बात को सुनकर भी वह बड़े ध्यान से टमाटर का सूप पीती रही। और अभी वे कॉफ़ी पी ही रहे थे कि कनक व मनोज ऊपर से आ गए और रुचि को ले गए। कॉफ़ी पीकर उसने पूछा, "आप मुझे छोड़ने चलेंगे कि मैं अकेली चली जाऊँ ?"

यानी जैसे कह रही हो—देखिए, आप ग़लत न लें, मुझे तो वापस जाना ही है।

श्यामल ने घड़ी देखकर कहा, "अभी से ? चलो, कमरे में चलकर थोड़ा-सा कुछ ले लें। ठंड-सी है।"

डिनर के बाद एक ड्रिंक लेने की आदत श्यामल की बहुत पुरानी है। अब स्कॉट तो अफोर्ड नहीं कर पाते।

वसु को उसका स्वाद बहुत तीखा लगता है। लगता है कि अन्दर से सबकुछ तेज़ कटार से चिरा जा रहा है।

आजकल नींद आने के लिए गोलियाँ ले लेती है। डॉक्टर जूलियन को मालूम नहीं है कि उसने दूसरे डॉक्टर से गोलियाँ ले रखी हैं। पता चलेगा, तो बेहद नाराज़ होंगे। श्यामल ने उसे गिलास देते हुए कहा, "पश्चिम में रहकर बस यह बात तुमने अच्छी सीखी है। नहीं तो एक सोबर और एक नशेवाले में क्या कम्युनिकेशन हो सकता है !"

"आपको एक से नशा कब से आने लगा ?"

"कभी-कभी। खास कम्पनी में।"

कमरे में बैठने पर उसे रोशनी बहुत मद्धिम-सी लगने लगी।

वह गिलास से खेलती रही। बार-बार चाहती थी कि कह उठे—सुनो, श्यामल, सुनो...मेरे शरीर पर ये दाग़ देख रहे हो—बाँहों पर, कलाइयों में, गले में...

पर वह बहुत चाहने पर भी कुछ न कह सकी।

अब वह श्यामल के सामने बैठी हुई थी, बीच में केवल ब्लैक नाइट की चौथाई बोतल थी। श्यामल चुप थे—बहुत कुछ अपने में डूबे हुए। अन्तर्मुख, और वह अजीब छटपटाहट के गर्त में।

"वसु, इतनी दूर बैठी हो ?" कहकर श्यामल ने मेज़ के पार हाथ बढ़ा दिया और वह एक आज्ञाकारिणी पत्नी की तरह उठकर पास सोफ़े पर आकर बैठ गई।

बाहर शायद पानी बरसने लगा था। गुसलख़ाने की खिड़की कई बार बन्द करने पर भी भड़भड़ाकर खुल जाती। वह श्यामल के पास लेटी हुई छत की खपरैल पर बूँदों का स्वर सुनती रही। श्यामल सो गए थे। उन्होंने बीच में न जाने कब उठकर शायद रात के कपड़े भी पहन लिए थे। उसके अपने कपड़े तहाए हुए रुचि के पलंग पर रखे थे और उसका शरीर कम्बल से ढका होने के बावजूद धीरे-धीरे ठंडा पड़ता जा रहा था। वह आँखें फाड़-फाड़कर अँधेरे में कुछ खोजना चाह रही थी। नींद की गोलियाँ पर्स में थीं, पर वह चाहती थी कि यों ही नींद आ जाए, तो अच्छा। उसका मन बार-बार होता कि श्यामल को जगा दे, पर उसे यह रात विवाहित जीवन की हर रात की पुनरावृत्ति-सी लग रही थी।

चलने के पहले वह बड़े उकताए-से भाव से एयरपोर्ट के शोर-गुल, रेल-पेल, फूलमालाओं, धक्का-मुक्की, रोने-धोने से अलग, जहाज़ चलने की घोषणा के इन्तज़ार में खड़ी हुई थी। पासपोर्ट टीके की रसीदों और सीट नम्बर पर उसने एक बार फिर नज़र डाल ली। सब कुछ टीक-ठाक था। उसे अधिक प्रतीक्षा न करनी पड़ी, क्योंकि तभी लाउडस्पीकर पर भर्राई-सी आवाज़ कहने लगी—"कुवैत, बेरुत, रोम, प्राग, लन्दन..." वसु ने टोट बैग उठा लिया और छोटे-से गेट से निकलकर बाहर आ गई। जहाज़ में इस बार भी सीट खिड़की के पास नहीं थी, पर वह शीशे से बाहर देख सकती थी। सुबह की धूप बाहर बेहद झिलमिला रही थी।

लौंग, मीठी सुपारी की ट्रे, घुमाती एयर-होस्टेस की ओर से उसने चेहरा मोड़ लिया। सीट-बेल्ट बाँधकर उसने एक बड़ी लम्बी साँस ली और आँख मूँदकर सिर पीछे टिका लिया।

परसों रात वह श्यामल और रुचि को छोड़ने स्टेशन चली गई थी। रुचि मैगजीन लेने नीचे उतरी, तो श्यामल ने डब्बे के अन्य यात्रियों की परवाह न करते हुए उसकी दोनों हथेलियाँ अपने हाथों में हल्के-से बाँधते हुए कहा, "देखो, वसु मैं चाहता हूँ कि तुम पिछली बातों को मन से बिलकुल निकाल दो और जो रास्ता तुमने चुना है, उसी पर बहुत विश्वास से चलती रहो। जिसमें तुम्हें सुख मिले, वही करो। मैं नहीं चाहता कि मुझे या रुचि को लेकर तुम गिल्ट के बोझ को ढोती रहो।"

उसने श्यामल से ऐसी अपेक्षा न की थी। उस पुराने बेहद लगाववाले स्वर से उसकी आँखों में एकदम आँसू भर आए और थरथराती पलकों से नीचे बह गए। वसु ने हाथ छुड़ा लिए और रूमाल से आँखें पोंछते हुए धीरे-से कहा, "पर यह भटकन तो नहीं जाती !"

"जाएगी। पहले तुम कहीं स्थिर तो हो !" गार्ड ने सीटी दी।

वसु उठ खड़ी हुई और फीकी-सी मुस्कान से कहा, "अच्छा अब चलूँ !" उसने रुचिरा को हल्के-से बाँह में लेकर भींचा और प्लेटफॉर्म पर उतर आई।

श्यामल ने कहा, "देखो, कोई पागलपन मत कर बैठना !"

उसने कहा, "कोई आता-जाता हुआ, तो जींस ज़रूर भेजूँगी, रुचि !"

उड़ने के लिए उद्यत जहाज़ की घरघराहट से पूरे केबिन में एकदम सन्नाटा छा गया, जिसको भेदती हुई एक पतली, काँपती हुई अहिन्दी-भाषी उच्चारण में आवाज़ सुनाई देने लगी—"नमस्ते जी, हम पुष्पक सेवेन ओ सेवेन पर आपका स्वागत करते हैं...बेरुत...रोम...लन्दन होते हुए न्यूयार्क तक हमारी महाराजा उड़ान..."

नवदम्पती पास बैठे थे। नववधू ने ज़ोर-ज़ोर से रोना शुरू कर दिया।

वसु ने एक नज़र-भर देखा और आँखें बन्द कर लीं।

आँखें बन्द रहने पर भी उँगलियों के स्पर्श से सारे शरीर में रह-रहकर रोएँ भरभरा उठते हैं। वह कुछ और पास सिमट आई।

"ठंड लग रही है ?"

"नहीं।" वह हँस दी। "ऐसा लग रहा है, जैसे मैं फिर सत्रह साल की अनछुई, बेदाग़ वसु बन आई हूँ, एकदम कुँवारी..."

कुछ क्षण चुप रहकर उसने कहा, "पर ऐसा है नहीं। अब मेरे शरीर पर कितने ही नए-नए दाग़ हैं।"

वे उँगलियाँ उसके गले को छू रही हैं, जैसे याद कर रही हों, कि वे सब दाग़ कहाँ हैं ! गले पर, बाँहों में, कलाइयों पर। फिर हल्के-से उसके उदर को चीरे के निशान की लम्बाई में।

"रुचि का दिया सिजेरियन का निशान है यह।" वह झेंप आती है।

"तुम्हें याद है, बेहोशी टूटने पर तुमने मुझे श्यामल कहकर पुकारा था ?"

"नहीं।" वसु की आवाज़ मद्धिम हो आई। एकाएक उसे सब बड़ा अच्छा, एकदम ठीक लगने लगा। कितना चाहने पर भी न वह सुधा जीजी, न श्यामल से कह पाई थी—सुनो, एक अँधेरी रात को जीवन से मुड़कर और पीड़ा न सह पाने पर मैंने कई मुट्ठियाँ भर-भरकर बारबिचुरेट खा लिए थे, पर डॉक्टरों ने मुझे मरने नहीं दिया। एक सप्ताह बेहोशी में पड़े रहने के बाद मेरी आँखें खुल गई थीं और एक सप्ताह रात-दिन मेरे प्राणों के लिए लड़ते रहनेवाले जूलियन को मैंने श्यामल कहकर पुकारा था।

उसने एक लम्बी साँस ली।

उसने आँखें खोली थीं, तो पाया था कि उसकी दोनों बाँहें पाटी से बँधी हुई थीं, दोनों पैर पाटी से बँधे हुए थे, उसके चारों ओर बड़ी-बड़ी मशीनें थीं, जो एक सप्ताह से उसके फेफड़ों और दिल को चालू रख रही थीं। सिरहाने बोतलों की कतार थी, जिनका सोल्यूशन लगातार उसके शरीर में भिदे जहर को धो रहा था। पलंग के पास तीन डॉक्टर खड़े थे। उनमें से किसी को नहीं पहचाना था। केवल याद रहा था, उनमें से एक की आँखों में कितनी करुणा थी !

"जूलियन !" वसु ने अब कहा। उसके बालों में उलझी उँगलियाँ एक लघु क्षण ठहरीं।

रात के आकाश को अक्सर जेट विमान के उड़ने का स्वर चीर जाता है। कमरे में अँधेरा है।

"मैं वहाँ किसी से अपने बारे में न कह सकी। लगा कि वह सब यातना बिलकुल मेरी अपनी थी। वे सब नहीं समझेंगे। शब्द वह सब न कह सकेंगे।"

"तुम कहना चाहती थीं ?"

"हाँ...बहुत...बार-बार होंठों तक आता था, पर मैं ठिठक जाती थी।"

आज की सुबह ही तो थी। या वह भारत में कल हो चुकी है। समय गड्डमड्ड हो गया है। पर शायद वह आज ही था, जब वह दिल्ली से चली

थी और आज ही शाम को थकी-माँदी लन्दन उतरी थी। एयर इंडिया के काउंटर से टिके डॉक्टर जूलियन खड़े थे।

"डॉक्टर ? आप ? यहाँ कैसे ? उसने अविश्वास से पूछा।

"कल ही हम सब मॉस्को से लौटे हैं। आज लन्दन में पड़ाव है।"

होटल में आकर, नहाकर, सुधा जीजी की दी नई टसर की साड़ी पहनकर वह बाल सँवारने लगी।

उन्होंने भारतीय रेस्तराँ में खाना खाया था। फिर उसने जूलियन को एक गिलास ब्रांडी के लिए अपने कमरे में आमन्त्रित किया। उसे लगा कि निमन्त्रण स्वीकार करने के पहले जूलियन हल्का-सा ठिठके हैं। कुछ देर तक दोनों ख़बरें सुनते रहे। समाचार चालू थे। शिकागो में प्रदर्शनकारियों ने पुलिस पर क्रूरता का आरोप लगाया है। वियतनाम में बमबारी चालू है। चेकोस्लोवाकिया में अब भी रूस की सेनाओं का कब्जा है। लन्दन में...उसने गुसलख़ाने से दो गिलास लाकर मेज़ पर रख दिए और सामने बैठ गई।

फिर एकाएक उसने उठकर कहा, "बन्द कर दूँ ?" और टेलीविजन बन्द कर दिया। लौटकर वह कुर्सी पर नहीं गई, जूलियन के पास आ बैठी और धीरे-धीरे अनमनी उँगलियों से दायाँ कफलिंक छूने लगी। उसके अन्दर जो कुछ उमड़ रहा था, उसे वह नियन्त्रित करना चाह रही थी। सम्भावनाएँ, जो कि उसके असम्भव दिवा-स्वप्नों में घटी थीं, अब रंगीन तितलियों की तरह उसके सामने फड़फड़ा रही थीं। कपड़े उतारते समय वह एकाएक लाज से भर गई, जैसे जूलियन ने कभी उसे उघड़े अंग न देखे हों।

"क्या सोच रही हो ?"

"बहुत-सी बातें—कल के बारे में।"

"हमेशा टूटने के क्षण से आतंकित," जुलियन ने हल्के-से कहा।

"जूलियन," वसु एकाएक उत्साहित स्वर में बोल पड़ी, "यदि आज रात सोएँ न, तो कैसा ? सारी रात बातें करते रहें, तो ?"

"अगर तुम चाहो ?"

वसु ने एक लम्बी साँस ली—तुष्ट और आश्वस्त। उसका सर एक ओर ढलक आया। वह सो गई थी।

# कितना बड़ा झूठ

बहुत सबेरे, बहुत जल्दी उठकर वह पीछे का दरवाज़ा खोलकर दहलीज़ पर बैठ गई। बिस्तर की गरमाई से निकलकर खुले में बैठने से एक-बारगी ही पूरी देह में रोएँ उठ आए। बाद में वह ताज़ी, सोंधी हवा थोड़ी-सी अच्छी लगी।

पीछे घास का लम्बा-चौड़ा मैदान था, जहाँ रविवार को लड़के फुटबॉल खेलते थे, आस-पास के फ़्लैटों के सम्मिलित बगीचे थे, और पड़ोसिन के प्लॉट में सूखे पौधों के बीच एक बहुत ऊँचे पौधे पर बड़ा-सा सूरजमुखी का फूल दीख रहा था। फूल का मुँह सचमुच सूरज की ओर था।

किरन ने साड़ी के आँचल से पीठ और बाँहें ढक लीं, एकाएक उसने चाहा कि वह चीख़कर रो पड़े, वैसे ही जैसे पति की अर्थी उठते हुए देख सद्यः विधवा रो उठती है। पर इस समय उसने दाँत कसकर भींच लिए, और पीछे वृक्षों, फूलों और घास को देखती रही। दृश्य रह-रहकर धुँधला जाता।

कल ही किरन छुट्टी के बाद लौटी थी, ढाई महीने की छुट्टी के वाद तरोताज़ा, उत्साहित। पिछले पन्द्रह दिनों से रोज़, कई बार घर लौटने की सोचकर खुश हो लेती थी। और घर की याद करते समय कुर्सी, मेज़ या दीवारों का ख़याल नहीं आता। उसने सब प्लॉन कर लिया था।

तीसरे पहर पहुँचेगी, लड़कियों को समर कैम्प से लेने पति चले गए होंगे, इसलिए घर ख़ाली होगा, जाते ही वह मैक्स को फ़ोन करेगी।

ऐसा ही किया, पति का नोट पढ़ा, 'नीता और लीना को लेने जा रहा हूँ।'

काग़ज़ की उस पुर्जी को मसलकर एक कोने में फेंकते हुए वह फ़ोन की ओर बढ़ गई, सफ़ेद रंग के फ़ोन पर जम आई धूल की परत पर ध्यान गया, पर नम्बर मिलाते हुए वह उत्कंठित हो आई थी।

तीसरी ही रिंग पर फ़ोन उधर उठा लिया गया और एक बचकानी-सी, लड़की की आवाज़ ने कहा, "मिसेज बासवेल बोल रही हूँ..."

अचकचाकर किरन ने पूछा, "कौन ?"

"ओह, तुम हो किरन !" फ़ोन पर खिलखिलाकर हँसते हुए उसने कहा, "मैं हूँ वारिया, मैक्स और मैंने विवाह कर लिया है। तुम कब आईं ?"

किरन ने कहा, "वारिया, मैं फिर बात करूँगी, बच्चे अभी खाना माँग रहे हैं।" फिर कुछ सोचकर जोड़ा, "मेरी ओर से मैक्स को बधाई दे देना।"

तुरन्त उसे पूरी तरह आभास नहीं हुआ कि सचमुच कैसा लग रहा है। पहली अनुभूति केवल गहरी निराशा की थी, मैक्स के स्पर्श से वंचित रह जाने की, तीन-चार दिन से देह जैसे तप रही थी, यात्रा-भर बैठी-बैठी वह उन आनेवाले कुछ घंटों के साथ के बारे में ही सोचती रही और होंठों के कोने बार-बार मुस्कराहट से काँप उठते और जैसे-जैसे घर पास आता जाता, वह और भी उत्कंठित होती जाती।

किरन की देह अब काँपने लगी थी, वहाँ सोफ़े पर लेटते हुए कई बातें मन में एक साथ उठीं और दब गईं। सन्तुष्ट होने पर मैक्स की आँखों में कैसा उजलापन आ जाता है, अब वह मैक्स को कभी-कभी छुएगी तक नहीं, और वारिया उससे, किरन से दसेक साल छोटी तो होगी ही—किरन की अब आँखें भर आईं, हिन्दुस्तानी औरत रोने के अलावा कर ही क्या सकती है ! वह न तो जाकर वारिया के बाल ही जड़ से उखाड़ सकती है, न मैक्स की लात, जूतों या गाली-गलौज से ख़बर ले सकती है।

मैक्स ने छुट्टी-भर केवल दो पत्र लिखे थे, कोई नई बात नहीं लिखी थी, इधर-उधर का हाल, कौन कहाँ है, किरन अच्छी होगी, और फिर चुप्पी। किरन को तभी समझ जाना चाहिए था। पर कैसे समझती ! विश्वास जो था।

बाहर का दरवाज़ा खुला और नीता और लीना अन्दर घुस आईं, लीना छोटी होने के कारण अभी भी माँ से लिपटती है, नीता अलग खड़ी मुस्कराती रही, माँ के अपनी ओर आने की प्रतीक्षा में—किरन ने नीता के सिर पर हाथ रखकर पूछा, कैसा रहा कैम्प ? तैरना सीखा ? घर पर पापा को तंग तो नहीं किया ? लीना ने लड़ाई तो नहीं की ?"

नीता मुस्कराती रही, लीना ने पूछा, "हमारे लिए क्या लाईं मम्मी ?"

"तुम्हारे कमरे में पलंग पर रखा है। और तुम्हारे लिए भी है नीता !"

बच्चों के अपने-अपने कमरों में दौड़ जाने पर किरन कुछ क्षण को पति के साथ अकेली हुई। दोनों अटैची कोने में रखते हुए विश्वेश्वर ने उसे हल्के-से आलिंगन में ले लिया और किरन ने बिना कुछ कहे विश्व के कन्धे पर माथा टिका दिया। एक छोटे-से आँसू ने बाहर आना चाहा, पर किरन ने आने नहीं दिया। अलग होते हुए उसने कहा, "आपके लिए भी एक प्रजेंट है।"

विश्व हँसा, किरन हमेशा उसके लिए ड्यूटी-फ्री कोनियाक की एक बोतल लाती है। विश्व की ज़रूरतें बहुत थोड़ी हैं।

किरन का सूखा हुआ मुँह देखकर कहा, "थक गई होगी। आज शाम खाना बनाने की ज़रूरत नहीं है। बाहर खा लेंगे।"

किरन बैठ गई, खिड़कियों के पर्दे इस बार ज़रूर बदलने हैं, कारपेट कितना मैला हो गया है, और कोलियस गमलों में कितना मुरझा रहे हैं, लगता है कि सफ़ाई करने आनेवाली औरत पानी देना भूल गई है।

किरन उठी और अपने कमरे में चली गई, पलंग पर लेट गई और बाँह उसने आँखों पर रख ली। मुरझा जाने दो कोलियस को, नहीं, किरन क्यों रोए, यह तो उसी की च्वायस थी, विश्व, नवीनता और देवलीना...

"मम्मी, हम आइसक्रीम ले लें।"

"पापा हमें खाने के लिए बाहर ले जा रहे हैं। अभी आइसक्रीम लेने से भूख नहीं रहेगी।" किरन ने कहा।

"थोड़ी-सी, बस दो चम्मच।"

"अच्छा ले लो।"

विश्व ने ड्राअर खँखोरते हुए कहा, "लांड्री से कमीज़ें लाना भूल गया। अब कोई साफ़ कमीज़ नहीं है। शावर लेना चाहता था।"

"आप जाकर नहाइए। मैं कमीज़ निकाले देती हूँ।" किरन ने उठते हुए कहा। उठकर अपनी अलमारी खोली और एक धुली कमीज़ निकालकर विश्व को पकड़ा दी। वक़्त-बेवक़्त के लिए हमेशा कुछ कपड़े अपनी अलमारी में रखती है।

जाकर फिर लेट गई।

"सिर-दर्द है क्या ? तुम कपड़े नहीं बदलोगी ?" विश्व ने पूछा।

"हांगकांग वाली साड़ी है। मुसती नहीं।" किरन ने कहा और दरवाज़े की ओर पीठ कर ली।

कुछ देर बाद नीता हाथ में पानी का गिलास और ऐनासिन की शीशी लेकर आई, "मम्मी, पापा ने कहा है कि तुम्हें सिर-दर्द है, और मैं तुम्हें गोलियाँ लाकर दूँ।"

किरन ने दो गोलियाँ निगलकर कहा, "थैंक यू नीता !" पर नीता गई नहीं।

"तुम कौन-सी साड़ी पहनोगी मम्मी ?"

"क्यों, जो पहने हूँ, वह अच्छी नहीं है ?"

"अच्छी तो है," नीता ने बड़ी गम्भीरता से निरीक्षण करते हुए कहा, "मगर दूसरी पहनो तो ताज़गी महसूस करोगी।"

किरन ने उठकर कहा, "अच्छा, मैं दूसरी पहने ले रही हूँ। ज़रा जाकर देखो, लीना कहीं बहुत ज़्यादा आइसक्रीम न खा ले।"

किरन ने सफ़ेद लेस की साड़ी पहन ली। जाकर ड्रेसिंग टेबिल के आगे बैठ गई। ठीक है, वह ढल गई है। हथेली पर लोशन उँड़ेलते हुए उसने सोचा, फिर थोड़ा-सा आगे झुककर उँगलियों से चेहरे पर लगाने लगी, माथे पर बालों की सीमा तक, कानों पर, गर्दन पर नीचे तक जहाँ ब्लाउज़ का गला आरम्भ होता है। फिर फाउंडेशन, फिर बेहद हल्की रूज, पलकों पर आई-लाईनर से लकीरें डालीं, भौंहों को सँवारा। कानों की लवों पर ईव सेन्ट, लारें का सेन्ट, बालों का जूड़ा, फिर हेयर स्प्रे, कानों में बुन्दे, दाएँ हाथ में सोने की चूड़ियों से मिलाकर काँच की सफ़ेद चूड़ियाँ, चप्पलें...

विश्व कपड़े पहनता हुआ उसे कमरे में इधर से उधर जाते हुए, तैयार होते हुए देखता रहा। उसकी आँखों में हल्का-सा जो गर्व उतर आया था, वह किरन से न छिपा रहा।

मैं क्या सदा तुम्हारे जीवन की परिधि के बाहर रहूँगा ?

पतझर का एक हल्का उष्ण, चमकता, रंगभरा मध्याह्न। बहुत दिनों बाद मिले थे, और कई घंटों के साथ के बाद तुष्ट होकर पास-पास लेटे थे...

किरन ने कहा, "परिधि पर तो नहीं हो। विश्व से तो बाँध दी गई थी।" फिर कुछ देर चुप हो अपने में डूब गई। हफ्ते के बाद हफ्तों मैक्स को दूर से देखना और उसका आकर्षण महसूस करना। महीनों पर महीने, साल के बाद साल, और एक दिन वह क्षण आ ही गया।

"अभी तैयार हुई जा रही हूँ।" विश्व को एकटक अपनी ओर ताकते हुए पाकर किरन ने कहा।

"कोई जल्दी नहीं है।" विश्व ने कहा।

किरन कमरे के बीचोंबीच असमंजस में पड़ी खड़ी रही। विश्व के बाहर चले जाने पर उसने हड़बड़ाते हुए फ़ोन का नम्बर मिलाया, पर उधर से जब वारिया ने कहा, मिसेज़ बासवेल, तो किरन ने बिना कुछ कहे रिसीवर रख दिया और कमरे से बाहर निकल आई।

नीता और लीना तैयार खड़ी थीं।

"नई साड़ी है क्या मम्मी ?" लीना ने पूछा।

"याद नहीं है, पिछली बार पापा न्यूयार्क से लाए थे !" नीता ने बड़प्पन से कहा।

"फटने पर मेरे लिए छोटी-सी साड़ी बना दोगी मम्मी ?" लीना ने पूछा।

"मम्मी की साड़ियाँ कभी नहीं फटतीं।" नीता ने कहा। दरवाज़ा बन्द करके वे लोग मोटर में आकर बैठ गए। लौटने पर कुछ दिन हमेशा अजीब-अजीब-सा लगता है। उजाड़, धूलभरा, बेरौनक।

" 'आगरा' में चलें ?" विश्व ने पूछा।

पीछे की सीट पर नीता और लीना खुश हो आईं, "आगरा में मिठाई अच्छी मिलती है, सन्देश, रसगुल्ले।"

"हाँ।" किरन ने कहा।

'आगरा' के मालिक परिचित हैं, हँसते हुए बोले, "कहिए भाभीजी, लौट आईं आप ? अच्छी रही ट्रिप ? कहिए, क्या खातिर की जाए ?"

फिर पुकारकर कहा, "सीताराम, मेन्यू लाना।"

इस बीच 'आगरा' की दीवारों पर नया, सुर्ख रंग का वालपेपर चढ़ गया था, छत से कुछ सस्ते फानूस लटके हुए थे, लकड़ी के काम किए हुए कश्मीरी पार्टीशन।

"काफ़ी चेंज कर दिया आपने।" किरन ने कहा।

"मेहरबानी है भाभीजी, इस बार छोटे भाई और उसकी वाइफ को भी बुला लिया है। भाई एकाउंट रखता है।" फिर पुकारकर कहा, "रवि, इधर आना। प्रोफ़ेसर साहब से
मिलो।"

रवि कैश-काउंटर छोड़कर आया, परिचय हुआ। कुछ देर इधर-उधर की बातें हुईं और फिर लौट गया।

विश्व सबकी पसन्द जानता है, बच्चे कबाब खाएँगे, उसे लैम्बकरी पसन्द है। किरन हमेशा वही खाती है, खोया-मटर, दही-बड़े, आलू के पराठे, थोड़ा-बहुत हेर-फेर चाहे हो जाए, जैसे कभी चने मँगा लिए तो कभी पराठे की जगह नान ले ली। शिथिल उँगलियों में मेन्यू पकड़े किरन ने छपे हुए हरफ़ों पर नज़र दौड़ाई।

"वही," उसने कहा।

मेज़पोश पर कुछ धब्बे हैं, टेपरिकॉर्डर पर सहगल का एक बहुत पुराना गीत चालू है। पास की मेज़ पर एक नया भारतीय परिवार बैठा हुआ है, पहले

कभी नहीं देखा। स्त्री नीली औरंगाबादी साड़ी पहने हुए है और शायद कुछ अटपटा-सा महसूस कर रही है। पर किरन के केश-विन्यास और कपड़ों को एकटक घूरती रही। विश्व बड़ा सन्तुष्ट दिख रहा है। 'आगरा' में भोजन करने के बाद अक्सर ऐसा भाव मुँह पर आ जाता है।

"बहुत खा लिया।" उसने कहा।

नीता और लीना बहुत एकाग्र होकर मीठी डिश खा रही हैं, उनकी कटोरियों की सेवईं बड़ी तेज़ी से कम होती जा रही हैं। चम्मच से कटोरी एकदम साफ़ करते हुए लीना ने कहा, "आह !"

"कैसी पेटू है।" नीता ने किरन से कहा।

"क्यों बेटी, कुछ और खाओगी ?" विश्व ने लीना से पूछा।

लीना ने पहले माँ को देखा, फिर बहन को, फिर सिर हिलाकर कहा--"हाँ, आइसक्रीम।"

नीता खिलखिलाकर हँस पड़ी।

लीना झेंप गई। "नहीं, और कुछ नहीं," उसने कहा। एकाएक उसकी आँखें डबडबा आईं।

किरन ने अपनी बाईं बाँह से उसे घेर लिया और विश्व से कहा, "आप मँगाइए हम सब खाएँगे। नीता भी।"

कुल्फी के लिए कुछ इन्तज़ार करना पड़ा। नया टेप चल रहा था, लोग काफ़ी तादाद में आने लगे, और बाहर सड़क पर सैकड़ों रंगीन बत्तियाँ झिलमिला उठीं।

किरन दाएँ हाथ की उँगली से मेज़पोश पर अदृश्य लकीरें खींचती रहीं, वारिया की उम्र क्या होगी, ज़्यादा से ज़्यादा तेईस। फिर वारिया आकर खड़ी हो गई, नाटे कद की दुबली-पतली, थोड़ी-सी आर्टिफिशल लगनेवाली लड़की। लम्बे खुले हुए बाल, आधे आगे, आधे पीठ पर, बड़ी-बड़ी आँखें, दो वर्षों से मैक्स की असिस्टेंट थी।

"लो लीना, आ गई कुल्फी। सँभलकर खाना।" किरन ने कहा।

लीना मुस्कराने लगी, कितनी चमकदार, कितनी सुन्दर आँखें हैं लड़की की !

"कुल्फी अच्छी है।" विश्व ने कहा।

किरन ने एक चम्मच से थोड़ी-सी चखी, हाँ--और आधी से अधिक लीना की प्लेट में डाल दी।

अब सन्नाटा था। लीना और नीता कपड़े बदलकर, नहाकर, टेलिविजन

पर अपनी पसन्द का शो देख चुकने के बाद, अपने-अपने कमरों में चली गई थीं। उनके जाने के बाद विश्व ने टेलिविजन बन्द कर दिया और कोन्याक की बोतल खोलने लगा।

किरन रसाई में बचे-खुचे बर्तन धोने लगी। बाद में हाथ पोंछकर, हैंडलोशन मलती हुई आई, और विश्व को बोतल खोलते हुए देखने लगी।

सावधानी से दो गिलासों में डालकर एक गिलास उसे पकड़ाते हुए विश्व ने कहा, "वेलकम बैक रानी !"

"थैंक यू डार्लिंग !" किरन ने उत्तर दिया।

उस सन्नाटे में, पास-पास बैठे वे छोटे-छोटे घूँट लेते रहे, चुपचाप बहुत सन्तुष्ट, एक-दूसरे में रमे हुए आदर्श पति-पत्नी की तरह।

फिर किरन ने कहा, "सुना ही होगा, मैक्स ने वारिया से शादी कर ली है।"

"हाँ," विश्व ने कहा, "विभाग के लोगों ने मिलकर प्रजेंट दिया है। हनीमून के लिए मैक्सिको गए थे, शायद अभी भी वहीं हों।"

वह ऐशट्रे में पाइप उलटकर राख झाड़ने लगा। किरन ने कहा, "इस बार ठंड जल्दी आ गई।"

"हाँ। और ?" विश्व ने किरन का गिलास उठाते हुए पूछा।

"नहीं।" उसने कहा। वह अपनी जगह पर बैठी-बैठी विश्व की ओर देखती रही। फिर एकाएक ही उठकर उसने विश्व का हाथ पकड़ लिया और मन्द स्वर में कहा, "आइए, अब बिस्तर पर चलें।"

# ट्रिप

वह तो दूसरी बार में ही चुप हो आई थी, और एकदम ऊपर उठ-सी गई थी। लगा कि बाँहें लम्बी होती जा रही हैं। वैसा ही कुछ टाँगों में महसूस होने लगा।

रात का सन्नाटा बेहद गाढ़ा हो गया।

दूसरों को अभी देर लगेगी यह जानते हुए वह गोल तकिए का सहारा लेकर दीवार से टिक गई। जब उसकी बारी आती तो वह भी हाथ बढ़ाकर पाइप ले लेती और दो-एक गहरे कश लेकर पाइप बाईं ओर बैठे पति को दे देती।

कमरे में केवल दो मोमबत्तियाँ जल रही थीं। एक तो कमरे के बाएँ कोने में, तिब्बती तन्के के ठीक नीचे; दूसरी फ़र्श पर, जिसे घेरे हुए वे चारों-पाँचों बैठे थे। उसके पति को ऐसी अवस्था में हमेशा इस तन्के पर चित्त एकाग्र करना भला लगता था। सचमुच, कुछ ही देर के बाद तन्के में चित्रित आकार हिलने-डुलने लगते और ऐसे-ऐसे रंग उभरने लगते जो कि नॉर्मल दशा में कभी नहीं दिखाई देते।

पर इधर कई बार से वह अपने को ख़ाली रखती थी। उसे अतीत और अब के बीच स्वतन्त्र भाव से आना-जाना अच्छा लगता था। कभी वह बच्ची बन जाती, कभी अपने से बहुत बड़ी। उसे कभी अच्छी तरह तैरना नहीं आया, पर मछली की इमेज उसे पसन्द थी। वह अक्सर उन क्षणों में एक चंचल चमकती मछली बन जाती जो कि अनेक सागरों में बिना रुकावट, बिना मछुओं के डर के, क्रीड़ा करती रहती है।

अब उसे पाइप की ज़रूरत न थी। वह मरमेड हो आई थी। हाथ हिलाकर उसने मना कर दिया और ज़मीन पर लुढ़क गई। आँखें उसकी मुँद आईं। एक के बाद एक ढेर सारे बिम्ब, इमेजेज उसकी बन्द आँखों के आगे से गुज़रने लगे। एक के बाद एक अनवरत लहरों की तरह। कमरे में केवल सिसकारी लेने की आवाज़ थी।

इस पाइप को पीने का भी एक खास नैक होता है। वह इसे मुश्किल से सीख पाई थी। उसने सिगरेट तक कभी नहीं पिया था, इसलिए ढेर-सा धुआँ निगल लेती, असर नहीं होता था। पर अब तो बड़ी आसानी से कश लेकर फेफड़ों तक फेंक देती है।

किसी का हाथ उसे छू गया। वह फ़र्श पर पीठ के बल लेट गई और छत को ताकने लगी। वह नहीं जानती कि वह उस स्पर्श से हट क्यों गई, शायद इतनी जल्दी वह प्रस्तुत नहीं थी।

सोनी रसोई में हल्की-सी खटपट कर रही है। दरवाज़े की दहलीज़ से उसकी आवाज़ आई, "तुम लोग अभी हाई हुए या नहीं ?"

"सोनी, इस तरह एकदम से सवाल नहीं पूछा करते।" उसके पति ने कहा।

सोनी ने कुछ नहीं लिया है। उस रात, वह पहली बार उनकी बेबी-सिटिंग कर रही है। वह हमेशा ट्रिप एंजॉय करती है, शायद इसीलिए उसे अपने छूट जाने की खिन्नता हो, पर ऐसे में किसी एक का सुस्थ, स्वस्थ रहना ज़रूरी था, किसी इमरजेंसी के विचार से। क्या मालूम, पुलिस ही छापा मार दे। सोनी का पति न जाने किन-किन लोगों से यह ख़रीदता है। पुलिस हाथ धोकर उसके पीछे पड़ी हुई है। उसने अपने छोटे-से शहर के इकलौते अख़बार के फ्रंट पेज की कल्पना की, "अमुक प्रोफ़ेसर अपने मित्रों के साथ हशीश पीते पकड़े गए।" उसे लगा कि आज रात उसे बेबी-सिटिंग करनी चाहिए थी, पर स्टीफान अचानक ही आ गया। उसका यह पहला मौका है, वह स्वयं स्टीफान की ऊँचाई शेयर करना चाहती थी।

उसने पाया कि वह धीरे-धीरे कारपेट पर अपनी दाईं हथेली रगड़ रही है। कितना नरम और स्निग्ध था ऊनी कारपेट, यह जैसे पहली बार जाना।

हर बार किसी न किसी नई सम्वेदना की अनुभूति होती है।

सोनी ने पानी के गिलास लाकर पास रख दिए। ठंडा पानी भी अमृत जैसा लगता है। अब पति तीसरा पाइप तैयार कर रहे हैं। उसने आँखें खोलीं तो लगा कि वह जैसे स्लो मूवमेंट में कोई फिल्म देख रही है। पानी के अन्दर ही सेवार की तरह सभी धीरे-धीरे हिल-डुल रहे थे। सोनी का पति, सोनी के बालों से खेल रहा था। स्टीफान उठकर कमरे में टहलने लगा और पति बेहद कांसेंट्रेशन से पाइप भर रहे थे।

मोमबत्ती की लौ एकदम स्थिर थी।

स्टीफान रेस्टलेस लग रहा है। बहुत-से लोग पहली बार झेल नहीं पाते,

पर स्टीफान कमज़ोर नहीं है। कम से कम ऐसा लगता नहीं है कि उसमें इतना कंट्रोल नहीं होगा कि सँभाल न सके। पर किसी के अन्दर की गुत्थियाँ कौन जाने ? ऐसे ही क्षणों में मालूम पड़ जाता है कि किसी में अपने से साक्षात्कार करने की ताकत है या नहीं।

जब पाइप उस तक आया तो वह उठकर बैठ गई और यह जानते हुए भी कि उसे बिलकुल ज़रूरत नहीं है, उसने पाइप ले ही लिया। काफ़ी समय से एक ही पठार पर रुकी हुई थी। यह कश लेते ही जैसे किसी ने फुटबाल की तरह उसे ऊपर उछाल दिया। और वह बैठे ही बैठे अधर में कलाबाजियाँ खाती रही। उसने घुटनों को समेटकर उन पर ठोड़ी टिका ली। हर बार की तरह उसे अब भी आश्चर्य हो रहा है कि यह जानते हुए भी कि वह घर के अन्दर कमरे में स्थिर बैठी है, वह बाहर खुले आकाश में कैसे उड़ सकती है !

एक लम्बी उड़ान लेकर वह वापस आ गई है।

"तुम 'हाई' हो ?"

"हाँ—खूब। तुम ?"

"मालूम नहीं, पहली बार है न ! अजीब लगता है, पर बुरा नहीं।"

पति ने उनकी ओर देखा। स्टीफान शायद कुछ और कहता, पर चुप हो आया। वह अब भी, उसकी ओर झुका बैठा रहा। लड़कियों जैसे लम्बे बालों ने आगे ढलककर उसके माथे को ढँक रखा है।

"स्टीफान..." कुछ देर बाद वह फुसफुसाई, "तुम कहाँ हो ?"

स्टीफान ने कहा, "कहीं बहुत पीछे या बहुत आगे, भविष्य में। एक बहुत बड़े मशरूम की छाँह में...।"

"स्टीफान जब से लड़ाई से लौटा है, मशरूम की छाँह में ही रहता है।" सोनी के पति ने कहा।

सोनी अब उसके पास नहीं है, शायद रसोई में वापस चली गई हो।

एक बार उसे महसूस हुआ कि सोनी के पति और उसके बीच कुछ पनप रहा है, पर वह आगे नहीं बढ़ा। कारण, शायद उसके मन में सोनी का लिहाज हो या सोनी के पति के मन में उसके पति के प्रति ममत्व हो। जो भी हो, दोनों ढीले पड़ गए, पर अब भी कभी-कभी सोनी के कंठ में ईर्ष्या का स्वर उभर आता है।

वह पानी के अन्दर बहुत-बहुत गहरे में है, और सोच भी रही है।

उसके पति ने उन लोगों की तरफ़ पीठ कर ली है और पद्मासन की मुद्रा में बैठे हैं, एकदम ध्यान-मग्न।

"स्टीफान, उधर देखो, चित्र में कुछ नया-सा दीखता है ? इधर-उधर होते रंग, काले आवरण में जगह-जगह सुनहली झलक...!"

अब वह सब चित्र की ओर देख रहे हैं।

स्टीफान के मुख पर बड़ा पोलाइट-सा भाव है।

उसके शरीर में ढेर सारा ढीलापन भर जाता है—आलस नहीं, बल्कि कसे हुए तारों की घुंडियों को ढीला कर देने का-सा ढीलापन। उसके लिए और कोई नाम नहीं है। अपने अन्दर के सारे तनाव जैसे झाड़ से समेटकर उसने एक कोने में इकट्ठे कर दिए हैं। अब वह दो हो गई है—भोक्ता और दर्शक दोनों। वह अनुभव भी कर रही है और साथ ही साथ एक स्टेनो की तरह पास खड़ी हर प्रक्रिया, हर भावना, हर जुम्बिश को अपनी नोट-बुक में दर्ज भी करती जा रही है। जो सोचती है, याद करती है, वह फिल्म की तरह आँखों के आगे से गुज़रता जाता है। उसके कानों में समुद्र की लहरों का गर्जन गूँज रहा है, किसी शंख को कान से लगाकर सुनने में जिस तरह की ध्वनि आती है—बिलकुल उसी तरह का।

कुछ इमेजेज उभरती हैं—कन्याकुमारी का सागर, पुरी का सागर, रोडआइलैंड में अटलांटिक का रव। फिर फिल्म नए सीन पर देर तक रुकी रहती है। वह दोनों समुद्र के किनारे टहल रही हैं। वे साड़ियाँ पहने हैं और छोर भीगे हैं, रेत में लिथड़ रहे हैं। चप्पलें हाथों में हैं। उसके साथ एक दुबली-पतली लड़की है जिसने पहली बार समुद्र देखा है। लड़की सब कुछ देखकर मुग्ध है और ट्रिनी-लोपेज का गाया हुआ एक गीत गुनगुना रही है—"नींबू का पेड़ बहुत सुन्दर, नींबू के फूल बहुत मीठे हैं। पर नींबू का फल बड़ा कड़वा, मेरे पुत्र ! मेरे पिता ने कहा, प्यार भी नींबू के फल की तरह..."

वह खिलखिलाकर हँस पड़ी, और देर तक हँसती रही। समुद्र, लड़की का चोट खाया-सा चेहरा, गीत—सब मिलकर पहले वहुत फनी लगा था, बाद में उसने अपने को संयत कर लिया। वह समझ नहीं सकी कि वह क्यों हँसी थी। उस पन्द्रह-सोलह बरस की लड़की से कहती भी क्या ? पर दोनों के बीच का वह सरल सख्य गुम हो गया था। लड़की सारी शाम मुँह फुलाए रही; तब, रात के शो में सिनेमा ले जाने की घूस देनी पड़ी। फिल्म में शशि कपूर था। फिल्म की समाप्ति पर दोनों बाहर निकली थीं तो लड़की फिर प्रसन्न थी। इस आयु में एक्सटेसी को हासिल करने में उसे किसी बाहरी उपकरण की ज़रूरत नहीं होती।

सुख की अपनी-अपनी परिभाषाएँ हैं। कोई शराब में अपने को डूबोकर

भूल जाना चाहता है, किसी के लिए शशि कपूर की फिल्म ज़रूरी है। उसके लिए परिभाषाएँ हमेशा बदलती रहती थीं। बहुत पहले बच्चे थे, स्वस्थ इंटेलिजेंट; अब वे बड़े हो गए हैं और पिता ने उन्हें बोर्डिंग-हाउस में भेज दिया है। साल में एक बार घर आते हैं। हर बार और-और दूर होते लगते हैं। अक्सर दोनों लड़कों से क्या बातें करे, यह समझ नहीं पाती। लड़के माँ की रुटीन में बाधा नहीं डालते। पहले वह बच्चों को लेकर व्यस्त होना चाहती थी, तरह-तरह के व्यंजन बनाती। पर बच्चों की रुचि अब बदलती जा रही है, और माँ के बनाए पकवान वह शिष्टतावश चख-भर लेते हैं। पति ! पति से उसके सम्बन्ध बड़े काम्पलिकेटेड हैं; वे हमेशा आत्मनिर्भर रहे हैं। कपड़े अपने-आप टाँग देते हैं, मोजे, बनियानों का शुमार रखते हैं। कमीज़ें स्वयं लांड्री को दे आते हैं और ले भी आते हैं। अपने कमरे को खुद साफ़-सुथरा रखते हैं। बच्चों के छोटे होने पर सुबह स्टोव पर चाय-नाश्ता तैयार कर लेते थे और सुबह की क्लास को पढ़ाने चले जाते थे। ऐसे पति से कैसे शिकायत हो सकती थी ? पर उसे थी। मौन शिकायत। रोमांस की कमी की शिकायत !

''वुमन एंड होम' की कहानियाँ पढ़कर तुम्हारा माथा ख़राब हो गया है।'' पति अक्सर कहा करते।

बच्चों के चले जाने पर वह कितनी अकेली रह गई थी ! शायद पति ठीक ही कहते थे। ज़िन्दगी उस रोमैंटिक कहानियों की तरह नहीं हो सकती। हर शुरुआत कहानी की तरह होती थी, एक उच्छवसित वेग से, और अन्त प्रायः एक बड़े ही अनरोमैंटिक ढंग से !

ताज्जुब है, रोमांस चुक जाने पर लोग एक-दूसरे को किस-किस नाम से पुकारने पर उतर आते हैं ! पर उसे तो गाली बकना भी नहीं आता। हर अन्त के बाद हफ्तों घर में बन्द, चुपचाप पड़ी रहा करती थी। फिर अचानक कहीं, किसी जगह, किसी नए व्यक्ति से मुलक़ात हो जाती और फिर एक बार वह सारी पुरानी इंसल्ट भूल जाती।

इसी तरह स्टीफान से मिली थी। स्टीफान कुछ समय पहले लड़ाई से लौटा है, दुबला-पतला, युवा, सतर्क। नर्सरी में मिले, जहाँ दोनों फूलों के बेहन ख़रीदने आए थे।

स्टीफान उसके पति से प्रभावित है। अधिकांश लोग उसके पति से प्रभावित हो जाते हैं। वे गम्भीर रहते हैं, तीखी इंटेलेक्ट है। पर वे भी उस जैसी 'रेस्टलेस' पत्नी को नहीं समझ सके। अब भी, इतना सब हो चुकने के बाद भी, उसे पत्नी के रूप में रखे हुए हैं। केवल दो बातें हैं—एक, वह अपने अफेयर चुपचाप

कंडक्ट करेगी; दूसरे, इस आयु में वह नए बच्चे की जिम्मेदारी नहीं लेंगे, इसका वह ध्यान रखेगी। बस, और कुछ नहीं माँगते।

सब कुछ जान लेने पर चीख़े-चिल्लाए नहीं, मारा-पीटा नहीं, न बच्चों को छीन लेने की धमकी ही दी। कुछ दिन एकदम चुप रहे। वह भी चुप रही। मन में बेहद डर रही थी। पर कुछ दिन बाद उन्होंने बड़े नपे-तुले वाक्यों में कह दिया, वह अब भी उनकी पत्नी है। उससे गहरा लगाव भी है। उसके बच्चों की माँ भी है। बस, वह दो बातों का ख़याल रखे...

उसके बाद ? उसे याद कर ताज्जुब होता है कि उनके सम्बन्ध कितने सरल हो आए थे। उन दिनों वह मादक द्रव्यों को लेने का प्रयोग कर रहे थे। उन्हीं के साथ उसने भी यह सब सीखा।

पति आर्टिस्टों जैसे सेंसिटिव हैं। वातावरण पर ज़ोर देते हैं। कुछ भी लेने से पहले, पूरी स्टेज तैयार करते हैं—विशेष खाद्य-पदार्थ, विशेष लाइटिंग, विशेष रिकॉर्ड। और सबसे महत्त्वपूर्ण, साथी, फैलो-ट्रैवलर; क्या मालूम किसका कौन-सा रूप उभरे ? आज स्टीफान नया है, इसलिए सोनी का 'सोबर' रहना ज़रूरी है।

वह उठकर रिकॉर्ड-प्लेयर पर 'पथेर-पांचाली' का म्यूजिक लगा देती है। रिकॉर्ड एकदम घिस गया है, पर 'हाई' होने की अवस्था में वह रविशंकर के इस रिकॉर्ड को अवश्य सुनती है।

"मैं शायद सो गया था। वे सब कहाँ हैं ?"

संगीत शायद स्टीफान को जगाता है। कमरे में कोई नहीं है, सिवा उन दोनों के।

"क्या बात है, स्टीफान ?"

"वे सब कहाँ हैं ?"

"नदी तक टहलने गए हैं। ऐसे में ठंडी हवा और ओस बहुत भली लगती है।"

"तुम नहीं गईं ?"

"नहीं !" कुछ अटककर, वह संगीत सुनने लगी।

फिर निस्तब्धता। दूर सड़क पर भागती मोटरों की आवाज़। पिछवाड़े पेड़ पर घुग्घू बोल रहा है, रुक-रुककर। रोज़ाना इन बातों पर ध्यान नहीं जाता।

"नदी यहाँ से दूर है ?" स्टीफान पूछता है।

"नहीं, पन्द्रह-बीस मिनट का रास्ता है।"

"हम भी चलें ?" स्टीफान उठकर खड़ा हो जाता है। नींद लेकर एकदम

नॉर्मल हो आया है शायद। पर वह 'हाई' है। कानों में अभी भी संगीत के स्वर गूँज रहे हैं।

स्टीफान उसके पीछे-पीछे चल रहा है। उसने बाँह पीछे कर ली है और स्टीफान उसकी मुट्ठी को कसकर पकड़े हुए है। पर वह नदी की ओर न जाकर बँगले के पिछवाड़े की ओर मुड़ जाती है। पीछे घास है, फूल हैं, बड़े-बड़े पेड़ हैं और एक बरसाती भी है, जहाँ हमेशा एक गोल मेज़, कुछ कुर्सियाँ और एक फोल्डिंग-काउच पड़ा रहता है।

"पानी रुक जाने के बाद नदी की ओर चलेंगे।"

बरसाती की छत पर कुछ बूँदें टपकी हैं।

स्टीफान काउच पर बैठ जाता है। फिर कुछ क्षणों बाद अधलेटा रहकर फिर कुशन की टेक लगाकर पूरा लेट गया है। वह पास कुर्सी पर बैठी है। सिर झुका हुआ, हाथ गोद में शिथिल। वह अब कुछ नहीं सोच रही है, केवल उग्र चेतना का एक पुँज मात्र रह गई है।

"कैसी हो !"

"ठीक हूँ। हाई। तुम ?"

उनके शब्द नन्हें पत्थरों की तरह अँधेरे के ताल में गिरते हैं।

रात गहरी हो आई है। वह उठकर काउच पर आ बैठी है।

"इससे अच्छा तो एक ड्रिंक ही ले लेता..."

स्टीफान उसकी हथेली को उलट-पलट रहा है। दोनों ही प्रतीक्षा में हैं, शायद एक-दूसरे के सम्मुख अपने को अधीर नहीं जताना चाहते।

"ड्रिंक ?" उसने कहा। "एक बार इसे ले लेने पर शराब का नशा बहुत क्रूड नहीं लगेगा ?"

"सुनो," स्टीफान ने कहा, "तुम क्यों लेती हो ?"

"पहले क्यूरिओसिटी में लिया था," उसने धीरे-धीरे कहा, "एस्केप की तरह। फिर अच्छा लगने लगा, सारी सम्वेदनाएँ इतनी तीखी जो हो आती हैं..."

"मैं भी एस्केप चाहता था।" स्टीफान ने कहा। उसके स्पर्श में ताप या तेज़ी नहीं है। वह उसे धीरे-धीरे छूता है, एक टेंडरनेस से, एक खोएपन से।

"मैं पूरी तरह अपने को डुबा न सका। एक साल तक वियतनाम में लड़ने की स्मृतियाँ ताज़ी हैं। 'हाई' होने पर भी बार-बार सामने आती रहीं।"

"और तुम सोचना नहीं चाहते।"

"जो जी चुका हूँ, उसे सोचने से क्या डरना ?" वह मन्द स्वर में कह रहा है।

"कैसा था वह सब ?" उसने पूछा।

"फिर किसी दिन बात करेंगे," स्टीफ़न ने कहा। "नहीं तो तुम्हें भी मरे हुए वियतनामी और अमरीकन चेहरे 'हांट' करने लगेंगे।"

वह उठकर खड़ी हो गई, स्टीफान ने उसका हाथ अपनी पकड़ से हटने पर रोका नहीं।

घास कितनी ठंडी है, उसके नंगे पैरों ने महसूस किया।

एक बूँद उसके माथे पर गिरी।

क्या उसके पति को भी अनेक चेहरे हांट करते हैं ? क्या कल वह बच्चों को चिट्ठी लिखे ? क्या कल वह दोनों कमरों के बीच का दरवाज़ा रात-भर खुला रखे ?

उसने मुड़कर देखा, स्टीफान काउच पर निश्चल लेटा है।

अब वह धीरे-धीरे नीचे आने लगी, एक उड़ते हुए, गैस कम हो जानेवाले गुब्बारे की तरह !

# नींद

"आज की रात किसी होटल में काटनी पड़ेगी," यह कहकर वह मेरी ओर देखते हैं।

मैं चुप हूँ। डेढ़ सौ मील की यात्रा के बाद भी कुछ कहने के प्रति अनिच्छा अभी भी मन में बनी हुई है।

वह स्वयं भी कम बोलते हैं, कार चलाते समय तो वह और भी चुप हो जाते हैं, यह बात मेरे ध्यान में आ चुकी है।

"सुनोऽऽ !" उन्होंने कहा है और इम्पाला की गति को मन्द करते हुए सड़क के किनारे रोक दिया है।

शहर पीछे छूट गया है, सामने चौड़ी सपाट सड़क है, और दाहिनी ओर, काफ़ी निचाई पर सागर। लहरें और उनके गर्जन की प्रतिध्वनि।

मैं खिड़की के शीशे से मुँह सटाए बाहर देखती हूँ, इसलिए कि मैं उनके कुछ उदास हो आए चेहरे, कुछ उलझन-भरी मुद्रा को नहीं चाहती।

बाहर पानी, केवल पानी, विक्षिप्त लहरें, भीगता हुआ तट और कुछ दूर पर, निरुद्‌देश्य उड़ती हुई-सी गलें।

उनका जो हाथ मेरी हथेली को पकड़े है पसीजा हुआ है, और वह धीरे-धीरे काँप रहा है।

मेरे प्रथम स्पर्श से किसी पुरुष में ऐसी प्रतिक्रिया हो सकती है, यह जानकर मुझे मन में कुछ कौतुक होता है। पर मन छूता नहीं।

उन्हें आश्वस्त करने के लिए मैं उनकी ओर देखकर मुस्कराती हूँ।

इस यात्रा का प्रस्ताव बहुत सहज भाव से दिया गया था, और उसी तरह मैंने स्वीकार भी कर लिया। तीन दिन की छुट्टियों में वह उसी ओर जा रहे थे, जहाँ मुझे भी जाना था। आठ घंटे की त्रासद बस-यात्रा से मुझे छुट्टी मिलेगी, ऐसा मैंने सोचा था। यदि सुबह चलते तो सन्ध्या तक पहुँच जाते, पर निकलते हुए ही देर हो गई थी।

"जैसा आप ठीक समझें !" इतनी देर पहले पूछे प्रश्न का उत्तर मैं अब देती हूँ।

पश्चिम में आकाश रक्ताभ हो चला है और अचानक ही दिनभर की गरमी के बाद मैंने कुछ ठंड अनुभव की।

वह अपनी सीट पर कुछ आगे झुके-से बैठे रहे ओर उनकी घनी भौंहें कुछ ऐसे कुंचित हो आईं जैसे वह किसी गहरे सोच में हैं।

एकाएक उन्होंने मेरी ओर देखकर पूछा, "तुम्हें पहुँचने की कोई जल्दी तो नहीं।"

"नहीं !" मेरा उत्तर है। बात ठीक भी है। मुझे अपने डॉक्टर से मिलना है और उसके लिए मेरे मन में कोई उत्कंठा, कोई जल्दी नहीं है।

वह इस उत्तर को शायद मेरी स्वीकृति समझें, पर क्या कहीं, अन्दर मन के दबे हुए कोने में यही आकांक्षा मेरी भी नहीं है ?

होटल में हमें दो संलग्न कमरे मिले। बीच में बाथरूम, उसी के द्वारा एक-दूसरे के कमरे में आया-जाया जा सकता, और चाहने पर द्वार बन्द भी किया जा सकता है।

मैंने जब अपनी ओर से दरवाज़ा बन्द करना चाहा तो पाया कि उसकी कुंडी टूटी हुई है। शायद यह नियति ही है।

रात में सायरन की आवाज़ से आँख खुलती है, मेरे मुँह से एक लम्बी चीख़ निकल जाती है और मैं बिस्तर पर उठकर बैठ गई हूँ।

मैं बेतरह काँप रही हूँ।

ऐसे सायरन यहाँ सिर्फ़ एम्बुलेंसों में होते हैं, और तभी सड़क ख़ाली करने के लिए चालू किए जाते हैं जबकि उसमें कोई घायल अस्पताल ले जाया जा रहा हो। मुझे ऐसा लगता है कि मैं स्वयं उस एम्बुलेंस में बैठी हूँ और सामने स्ट्रेचर पर एक घायल शरीर है। मैं झुककर उसे छूना चाहती हूँ, पर मुझे डर है कहीं वह ठंडा न पड़ने लगा हो।

"तुम डर गईं ?"

अँधेरे में उनका स्वर सुनकर मैं पूरी तरह आँखें खोलकर आसपास देखती हूँ। शायद सुबह होनेवाली है, क्योंकि खिड़कियों के चौखटों के बाहर हल्की-हल्की रोशनी-सी लग रही है।

"क्या तुमने कोई दुःखद स्वप्न देखा था ?"

"हाँ !" कहकर मैं बिस्तर में लेट जाती हूँ। सुबह के इस समय बिस्तर बेहद ठंडा लगता है।

मैं बहुत कम चीज़ों से डरती हूँ—न रोग से, न गरीबी से, न ठंड से; डरती हूँ तो बस एक लम्बी, अँधेरी रात के अकेलेपन से। और, उसके त्राण के लिए ही इधर-उधर भटकती हूँ। मेरा मनोविद् इसे मेरी बीमारी कहता है। और, वह मेरी चिकित्सा करना चाहता है जिससे कि मेरी यह भटकन समाप्त हो जाए, और मैं फिर से, वह हमेशा 'फिर' पर ज़ोर देता है, किसी और के साथ कहीं घर बसाकर सुख-चैन से रह सकूँ।

अगर यह होटल किसी अस्पताल के पास न होता तो कितना अच्छा होता। तब कोई भी सायरन मेरी नींद न तोड़ पाता।

शायद मैं कुछ देर को फिर सो गई, क्योंकि अगली बार जागने पर पाया कि धूप काफ़ी चढ़ आई है। मैं कमरे में अकेली हूँ।

तैयार होकर मैं होटल के लाउंज में आई, वहाँ वह पहले से ही शायद मेरी प्रतीक्षा कर रहे थे।

वह मुस्कराए, सुबह के उस उजले आलोक में उसका चेहरा अब रेखाहीन लगता है, हरे रंग की ट्वीड का कोट पहनने से उनकी आँखें अब हरी दिखने लगती हैं, यह मैंने अभी जाना।

वेट्रेस मोटे-मोटे प्यालों में खूब गर्म कॉफ़ी दे गई। मैं बिना कुछ कहे क़ॉफी पीने लगी।

इस क्षणांश में ही मैं बहुत दूर चली गई, शायद यह भाँपकर उनके चेहरे पर उदास रेखाएँ लौट आईं :

नाश्ते के बाद हमलोग फिर सड़क पर हैं। ह्वील पर सधे हुए हाथ, सामने सपाट सड़क, और दो पृथक-पृथक् मौन।

शहर में हम अपराह्न पहुँचे हैं। मैं वाई.डब्ल्यू.सी. पर उतर गई हूँ। मेरे पास केवल एक छोटी-सी अटैची है।

"मैं परसों वापस जाऊँगा।" वह कहते हैं।

"मैं यहीं आपको तैयार मिलूँगी।" पर यह कहते-कहते मेरे अन्दर एक बहुत स्पष्ट विचार कौंध जाता है, और मैं अनमनी हो आती हूँ।

उनके जाने के बाद मैं अटैची लेकर बाहर आती हूँ।

बहुत दिन बाद लौटने पर जाना-पहचाना शहर भी अजीब-सा लगता है।

मैं डॉक्टर के पास नहीं गई।

मैं जानती हूँ कि उससे कोई लाभ नहीं। वह मुझे बचाना चाहते हैं। पर मुझे कोई रोग नहीं है। स्वस्थ, रोगहीन शरीर है।

डॉक्टर के पास अब तक चली ही जाती थी, पर अब मुझे चिकित्सा की ज़रूरत नहीं।

सारे समय मैं उस शहर की सड़कों पर भटकती रहती हूँ।

ऊँचे टीले पर बनी अब्राहम लिंकन की कांस्य-प्रतिमा को देर तक देखती रही, फिर उसी के पास बैठ गई। पत्थर ठंडे थे, और सामने लॉन पर पतझर की पहली हवाओं ने पत्तियाँ बिखेरना शुरू कर दिया था। बाईं ओर इमारतों के बीच मन्दोता झील का एक चौखूँटा टुकड़ा चमक रहा था, गहरा नीला।

कभी यह सब मेरे जीवन का एक भाग था, और यहाँ बैठे रहने पर भी, इस दिन इस सबसे कटे होने का भाव मेरे मन में है।

मेरे पर्स में पैन-एम का एक लिफ़ाफ़ा है, जिसमें मेरे स्वदेश वापस जाने का टिकट है, एक नई खुली ड्राई-क्लीनिंग की दूकान के कुछ मुफ़्त कूपन हैं और डॉक्टर का कार्ड है, जिसमें आज के दिन किसी भी समय आकर मिलने का आग्रह है। सामने दूर, काफ़ी नीचे सड़क पर मोटर और बसें लगातार आती-जाती दिखाई दे रही हैं।

जिन पत्थरों पर मैं बैठी हूँ, वे ठंडे होते जा रहे हैं। मैं ठंड से नहीं डरती। केवल रात से डरती हूँ, अकेली, अँधेरी, लम्बी रात से।

मैं अब उठकर चलने लगी हूँ। पैर अपने-आप उस गली की ओर मुड़ गए हैं जहाँ हम रहा करते थे।

यह मकान अब रहने लायक नहीं है। कुछ दिनों में ढहा दिया जाएगा, क्योंकि सड़क के उस पार कॉलेज-क्लब नाम का एक बार है, और उसके ग्राहक इतने बढ़ गए हैं कि उनकी मोटरों के लिए जगह कम पड़ने लगी है। इसलिए यह मकान गिरा दिया जाएगा जिससे कि कॉलेज-क्लब में अधिक से अधिक लोग आएँ और निश्चिन्त रूप से बैठ सकें क्योंकि उनकी मोटरों के लिए पर्याप्त जगह हो जाएगी।

यह मकान हमारे लिए एक मित्र ने ढूँढ़ा था, इस शहर में आने से पहले उन्हें लिखा गया था कि जो भी घर हो, यूनिवर्सिटी लाइब्रेरी के अत्यन्त निकट हो।

यह घर लाइब्रेरी के ठीक सामने था।

कुछ दिन पहले शायद इसके खिड़की-दरवाज़े तोड़ दिए गए हैं जिससे कि कोई इसमें अवैध रूप से रह न सके। पर मुझे ठंड लग रही है और मैं अन्दर जाना चाहती हूँ क्योंकि यह घर था।

चारों ओर काँच ही काँच है।

मैं सावधानी से चप्पलें उन पर रखकर अन्दर घुस आई हूँ। बाईं ओर

तुम्हारी स्टडी थी, उसमें तुम्हारी कुर्सी अब भी टूटी पड़ी है, औंधी। मैं झुककर उसे सीधी करना चाहती हूँ, पर वह बार-बार गिर पड़ती है। ज़मीन पर पुराने अख़बारों और काग़ज़ों का ढेर है। उन्हें फेंके भी कौन ?

और पूरे दिन के बाद मैं अब थोड़ी स्वस्ति अनुभव करती हूँ। बिखरे हुए काँच पर सावधानी से चप्पलें रखती हुई सीधी ऊपर चली जाती हूँ। यह अच्छा ही है कि सीढ़ियाँ अभी नहीं तोड़ी गईं। एक बार बढ़ई किसी काम के लिए आया था, उसने सीढ़ियों पर हथौड़ी से ठक्-ठक् करते हुए कहा था, "बहुत पुराने और बढ़िया ओक की लकड़ी है। आजकल तो दुर्लभ ही है।"

वही सीढ़ियाँ, फिर दूसरी मंज़िल पर शयन-कक्ष, और सटा हुआ स्नानघर। स्नानघर की अलमारी खोलती हूँ तो उसमें दो-तीन कर्लर व नेलपॉलिश की ख़ाली शीशी पड़ी दिखाई देती है। नाम है 'नियरली न्यूड।' शीशी वापस फेंक देती हूँ।

शयन-कक्ष की दीवारों में लम्बी-लम्बी खिड़कियाँ हैं : यहाँ भी वही हाल है, हर काँच फूटा हुआ। कमरे के बीचोबीच काष्ठभूमि पर एक गद्दा पड़ा है, मेरा ख़रीदा हुआ गद्दा। मैं घुटने मोड़कर उस गद्दे पर बैठ गई और दीवारों को देखने लगी।

चारों ओर सन्नाटा है। सन्नाटे के मध्य एक ढहाया जानेवाला घर। टूटे हुए शीशों से तेज़ हवा आती है और बाहर सूखी पत्तियों के झरने की खड़खड़ सुनाई देने लगती है।

मैं गद्दे पर लेट गई।

नहीं, मैं रुग्ण नहीं हूँ, न मुझमें कोई मानसिक विकृति है। वह डॉक्टर, मेरा मनोविद् झूठ कहता है। मैं पूर्णतया स्वस्थ हूँ। मैं केवल साथ ढूँढ़ती हूँ, कम्पेनियनशिप, तुम्हें जिलाए रखने के लिए।

तुम, मैं, वह—और न जाने कितने चेहरों की पाँत।

मेरा मन स्मृतियों के दाने चुगने लगा है।

नहीं, मैं कुछ नहीं सोचूँगी।

फिर मैं उठकर बैठ जाती हूँ और अपना पर्स खोलकर सब शीशियाँ निकालती हूँ। रंग-रंग की गोलियाँ हैं। न जाने कब से इन्हें एकत्र कर रही हूँ।

गुलाबी और सलेटी कैपसूलों से दर्द मिटता है, छोटी-छोटी लाल गोलियाँ नींद लाने की हैं, सफ़ेद गोलियाँ...। पानी यहाँ कहाँ होगा ? फिर भी धैर्यपूर्वक मैं एक-एक करके सभी गोलियाँ निगल रही हूँ। मेरा शरीर एक उत्तेजना, सुखमिश्रित रोमांच से काँप रहा है।

और तब; नींद।

# सुरंग

बेबी आँगन में ऐसे बैठी रहती है जैसे कोई वृक्ष उग आया हो। मौन, निस्पन्द, आत्मरता। इधर-उधर का शोर लहरों की तरह घटता-बढ़ता रहता है। और शायद बहुत बार ऊपर से, उसे बिना छुए निकल जाता है। बाईं बाँह को सर के नीचे तकिए-सा लगाए अरुणा चारपाई पर लेटी है। गहरी नीली साड़ी की चुन्नटें पैरों पर होती हुई नीचे लटक आई हैं। अरुणा की आँखें एक जगह स्थिर नहीं रह पातीं, ऊपर आकाश है, धूमिल-सा नीला, फिर मटमैली और बहुत पुरानी उपेक्षित-सी दिखती पर्वत-शृंखलाएँ, दृष्टि और नीचे आकर आँगन की दीवार पर रुक जाती है, ईंटों की दीवार, जिस पर न जाने कब से माँ ने पुताई नहीं करवाई है। फिर टपकता नल। लाल किनारे की धज्जी जिस पर लिपटी हुई है।

"बेबी, एक प्याला चाय तो बनाना।" अरुणा ने देखा कि माँ जी की इस आवाज़ पर बेबी बेतरह चौंक पड़ी, उसके चेहरे पर झुँझलाहट की एक रेखा आकर मिट गई और फिर बड़ी विनीत-सी वह रसोई में चली गई।

माँ गंगा-स्नान के बाद लौटी हैं। तीन घंटे के भजन-कीर्तन के बाद भी उनके चेहरे से खीज की रेखाएँ नहीं जातीं। अरुणा उनके चेहरे पर एक दृष्टि डालकर फिर नीचे देखने लगती है। माँ तार पर भीगे कपड़े फैलाने लगी हैं।

बेबी चाय का प्याला लेकर रसोई से निकली, झुककर उसे तिपाई पर रख दिया और बिना कुछ कहे, वापस जाकर अपनी जगह बैठ गई।

बेबी अब तक घर के अन्दर फ्राक पहनती है। देखने में दुबली-पतली है, इसलिए फ्राक अभी आँखों में खटकती नहीं। शायद बेबी अभी भी अपने बचपन से लगे रहना चाहती है। पर बेबी बच्चा नहीं। अरुणा को उसकी आयु ठीक-ठीक याद है। जब बीचवाला भाई मरा था तो बेबी आठ साल की थी, और भाई को मरे पूरे नौ साल बीत गए हैं। माँ का पूजा-पाठ तभी से शुरू हुआ था, जो कि अब इतना बढ़ गया है कि वह प्रायः सारा दिन घर से बाहर ही रहने लगी

हैं। अरुणा को अब वह बुरा नहीं लगता, बेबी को कैसा लगता है, यह वह जानती नहीं। वह बहुत वर्षों बाद लौटकर आई है, और अभी तक उसने एक बार भी खुलकर बेबी से बात नहीं की। मकान पैतृक है, रहना छोटे शहर का, पिता के मरने से बाहर का जो कमरा ख़ाली हुआ उसमें कभी-कभी कोई किराएदार आ जाता है। आजकल कोई नहीं है। बेबी अभी तक पढ़ती थी पिछले वर्ष सप्लमेंटरी में आई थी इसलिए यह वर्ष ख़ाली ही जा रहा है। घर में आना-जाना कम है, बल्कि बेबी की कोई सखी-सहेली भी नहीं है, इस बात पर अरुणा को थोड़ा आश्चर्य हुआ था, पर अधिक नहीं, स्वयं अरुणा के परिचित उँगलियों पर गिने जा सकते हैं।

चाय पीकर माँ रसोई में चली गईं और शायद भोजन की तैयारी करने लगीं।

"बेबी, ज़रा यह आलू छील देना।"

बेबी फिर उठी, थोड़ी-सी अनिच्छा से।

"लाओ, मैं ही छील दूँ," अरुणा ने कहा।

"नहीं, मैं ही छील दूँगी" बेबी कहती हुई नल की ओर बढ़ गई।

आधा दिन हो गया है और उन दोनों के बीच यह पहला वार्तालाप हुआ है। फिर भी आपस में लड़ाई-झगड़ा नहीं है। बल्कि अरुणा ने लौटते समय सोचा था कि शायद माँ और बेबी खुश ही हों कि इतने दिन जगह-जगह भटकने के बाद अरुणा अपने शहर में ही लौट रही है।

अब तक उसकी नियुक्ति बाहर के शहरों में ही रही थी। बीमारी, दुःख, किसी में घर से कोई नहीं आ पाया था, माँ का पूजा-पाठ था, बेबी का बचपन, हारी हुई अरुणा ही लौट आई। उसने सोचा था कि घर से ही प्राइवेट एम.ए. कर लेगी, पर आए हुए उसे कई सप्ताह हो गए और उसने अभी तक किताबें भी नहीं ख़रीदीं। जैसे बेबी आँगन में बैठी रहती है, अरुणा अपने कमरे की दहलीज़ के पास चारपाई पर। बेबी के उस मन में क्या-क्या विचार दौड़ते हैं या वह गहरी काई से ढके, बँधे जल-सी निरुद्विग्न है, यह अरुणा नहीं जानती। वह यह जानती है कि जिन स्थितियों, विचारों और डरों ने उसे अब तक ग्रसा है, उन पर वह सायास रोक लगाना चाहती है। अगर पहाड़ी नदियों पर बाँध बाँधे जा सकते हैं तो अरुणा भी, अब तक की निरुद्देश्य जी हुई ज़िन्दगी को नया मोड़ दे सकती है। अभी तो वह उन विचारों को फ्रीज करने की प्रक्रिया में है, कि कुछ न सोचो, पीछे मुड़कर न देखो।

आलुओं के छिलके बेबी हाथ झटकते हुए नीचे गिराती जा रही है। कैसी

लापरवाह है, अब कल तक आँगन में ये छिलके पड़े रहेंगे।

"बेबी," अरुणा ने कहा।

बिना कुछ कहे बेबी ने उसकी ओर देखा। उसकी आँखों में कुछ ऐसा विस्मित भाव था कि अरुणा भी यहाँ है, ऐसा उसने पहली बार जाना हो।

"कूड़ा हो रहा है। और अपनी सूरत तो देखो, कैसी बना रखी है ! धूप में बैठकर रंग कैसा होता जा रहा है !" अरुणा नहीं जानती कि वह यह सब क्यों कह रही है। बेबी मुस्कराती है, एक बड़ी गूढ़-सी मुस्कान, और छिलके नीचे गिरते रहते हैं।

बेबी से कहने से कोई फायदा नहीं। होपलेस केस है। अरुणा करवट बदल लेती है।

रोज़ शाम को अरुणा टहलने जाती है। स्टेशन तक, दूर नहीं जाना पड़ता, घर से निकलकर कुछ लाइनें पार कर स्टेशन आ जाता है। शाम के समय वहाँ काफ़ी भीड़-भाड़ हो जाती है, क्योंकि देहरादून से आने-जानेवाली सभी गाड़ियाँ जल्दी-जल्दी इसी समय आती हैं।

उनके जाने के बाद ही अरुणा घर से निकलती है। अरुणा को ट्रेनें बचपन से अच्छी लगती हैं। पश्चिमी आकाश के हल्के गुलाबी आलोक में सिगनलों की कतार खड़ी है, और बहुत दूर स्लेटी धुएँ के एक छोटे-से पेंच ने सूर्य को ढक लिया है।

अरुणा एक ख़ाली पड़ी पटरी पर बैठ गई। रेल की पटरियों के आस-पास बैठने से पिता हमेशा नाराज़ होते थे, और जब से भाई मरा तब से तो विशेष तौर से। पर आज तो कोई नहीं है उसे मना करने को, और वह खुले आकाश के नीचे जहाँ भी चाहे बैठ सकती है।

कुछ दूर पर उसे कोई आकृति आती दिखाई दी। पास आने पर पहचानती है, बेबी है।

बेबी अरुणा के पास आकर पटरी पर बैठ गई। वह काली सलवार पर पीले रंग की कमीज़ पहने हुए थी, आँखों में एकदम खुब जानेवाले रंग। चेहरा चमकता हुआ, पर आँखें उदास, हमेशा की तरह।

"जीजी," बहुत आश्चर्यभरा बेबी का स्वर है, "जीजी, तुम्हारी कलाई पर यह लम्बा-सा निशान कैसा है ?"

जब से आई है तब से अरुणा ने हमेशा पूरी बाँहों का ब्लाउज़ पहना है। स्लीव्ज कलाइयों तक आती हुई तंग हो जाती हैं और उन्हें बटनों से बन्द करना पड़ता है। कभी-कभी अरुणा अनमनी हो स्लीव्ज को ऊपर खिसकाकर कोहनी

तक कर लेती है।

"चोट लग गई थी।" अरुणा ने मन्द स्वर में कहा।

"और इस हाथ में भी, दोनों में ?"

"हाँ।"

"कैसे ?"

वह सब अरुणा बेबी को नहीं बता सकती। उसने स्लीव्ज खिसकाकर बाँहें पूरी-पूरी ढक लीं।

कुछ और कहने के प्रति अनिच्छा शायद बेबी ने भाँप ली होगी, क्योंकि उसने कुछ और नहीं पूछा। नीचे से कंकड़ उठा-उठाकर दूर फेंकने लगी।

पहले नम्बर के प्लेटफॉर्म पर खड़ी ट्रेन ने सीटी दी।

अरुणा प्रकाश के उन अनगिनत चौखटों को देखती रही।

बेबी ने दोनों हाथ घुटनों पर रख लिए हैं, वह भी देहरादून की ओर जाती हुई ट्रेन को देख रही है। ट्रेन के जाने के बाद बहुत थोड़ी देर के लिए सन्नाटा लौट आया। पश्चिमी आकाश में केवल फीका-सा ही उजाला शेष रहा है।

ट्रेन शायद पहली सुरंग पर खड़ी है, उसकी तेज़ सीटी की आवाज़ से अरुणा और बेबी, दोनों ही उस ओर देखने लगीं। देहरादून जाने पर हमेशा ये दो सुरंगें पार करनी पड़ती हैं, और हर ट्रेन थोड़ी-सी देर को पहली सुरंग पर खड़ी होती है। शुरू-शुरू में जब परिवार यहाँ आया था तो बेबी छोटी थी, और ट्रेन जब सुरंगों में घुसी तो भयावह अँधेरे से डरकर उसने चीख़-चीख़कर रोना शुरू कर दिया।

और भाई की मृत्युवाली उस दुर्घटना के बाद, कई महीनों तक, शाम की यह ट्रेन सीटी देती तो माँ घर के अन्दर ही सुबकने लगतीं। फिर उन्हें उनके भगवान मिल गए।

"जीजी," बेबी के कंठ में आकुलता है, एक अनजाना आवेग।

अरुणा की दृष्टि घूमकर उसकी ओर आती है, ठंडी निरुद्विग्न।

"जीजी—मैं—" होंठ काटती हुई बेबी चुप हो आई।

"हाँ बेबी।"

"कुछ नहीं।"

जो भी एक आकस्मिक उद्गार के रूप में निकलनेवाला था, बेबी ने रोक लिया है और उसके चेहरे पर वही, सदा का-सा सूनापन आ गया है। अरुणा आग्रह नहीं करेगी। बेबी ने कुछ कहना चाहा था, पर कहा नहीं। जो सहज रूप से बताया नहीं जाएगा उसके जानने का आग्रह या जिज्ञासा अरुणा में

नहीं है। अरुणा याद करती है कि पिछले वर्षों में कभी भी बेबी और माँ के साथ बैठकर सुख-दुख की बातें नहीं हुई हैं। अकेले बेटे की मौत की ट्रेजेडी ने माँ को डस लिया है। अरुणा के अपने अलग दुख हैं, जिनसे निष्कृति पाने की चेष्टा में उसकी कलाइयों पर परमानेंट दाग़ रह गए हैं और फैशन न होने पर भी उसे पूरी बाँहों के ब्लाउज़ पहनने पड़ते हैं। बेबी भोली है, वह समझती नहीं।

"मैं घर जा रही हूँ," अरुणा ने उठते हुए कहा।

बिना कुछ कहे बेबी भी उठकर खड़ी हो गई।

पटरियाँ पार करने के बाद बाएँ हाथ को घूमना पड़ता है, तब घर को जाने की सड़क आती है। कुछ दूर चर्र-चूँ करता हुआ रहट चल रहा है, शायद काछी लोग खेतों में पानी दे रहे हैं। घर के पीछे ग्वालों के यहाँ गायें रँभा रही हैं। पड़ोसी घर में बच्चे मास्टरों से पढ़ रहे हैं। अपना घर एकदम अँधेरा पड़ा है।

"बेबी, एक प्याला चाय तो पिलाना," अरुणा ने कहा और अपनी चारपाई को अन्दर कमरे में खींच ले गई। कोने में रखा बिस्तर उस पर जैसे-तैसे डाल लेट गई और चाय आने की प्रतीक्षा करने लगी।

रसोई से स्टोव जलने की आवाज़ आ रही है।

अरुणा छत की ओर ताक रही है, कमरे में हल्का-सा बल्ब जल रहा है।

बाहर का दरवाज़ा एक बार फिर खुला। शायद माँ होंगी, हर की पैड़ी की आरती से आ रही होंगी।

"बेबी, एक प्याला चाय तो पिलाना," कहती हुई वे अन्दर आ गई हैं।

"अरे, बाहर से अन्दर तक अँधेरा क्यों कर रखा है ?"

रसोई से केवल स्टोव जलने की आवाज़ आ रही है।

ऐसा लगता है कि माँ दीवारों से बात कर रही हैं। उन्हें उत्तर की प्रत्याशा नहीं। और यह बेबी भी अजीब है। प्रश्न का जवाब क्यों नहीं देती ?

कुछ देर में माँ की कोठरी में पूजा की घंटी बजने लगी है, वे आरती कर रही हैं और मन्द स्वर में कुछ गा रही हैं।

माँ का कंठ अब भी सुरीला है।

क्या सचमुच इतने सारे पूजा-पाठ से माँ के मन को शान्ति मिलती है ! अगर अरुणा यह पूछे तो वह कितनी चकित होंगी ! पर वे माँ न होकर अजनबी हो गई हैं। अरुणा को याद नहीं है कि इन नौ वर्षों में उन्होंने कभी अरुणा

के सर पर हाथ फेरा है या पास आकर बैठी हैं। बेबी जब कभी रोकर उनसे चिपट जाती थी तो वे उसे सिर्फ़ निर्मम हाथों से अलग कर देती थीं। अरुणा को माँ से शिकायत नहीं, अब वह उनसे गहन संवेदना रखती है, बेटे की मौत से माँ ऐसी क्यों हो गई हैं, अब अरुणा खूब समझती है। वह स्वयं भी तो जड़ होती जा रही है, तभी तो चाहकर भी बेबी को नहीं उबार पाती, बेबी को कोई सहारा नहीं दे पाती। जो स्वयं ही नेत्रहीन है, वह दूसरे का पथ-प्रदर्शक कैसे बने !

रात को अरुणा की नींद टूट गई। कोई रो रहा है, बुरी तरह, सिसक-सिसककर।

वह मोटी शाल उठाकर कन्धों पर डालकर बाहर आई।

"बेबी," उसने पुकारा। हाँ, आवाज़ बेबी के कमरे से ही आ रही है। बाहर बरामदे और आँगन में घुप अँधेरा है और ठंडी हवा से अरुणा के पूरे शरीर में रोएँ खड़े हो गए।

"बेबी ! दरवाज़ा खोलो। क्या बात है बेबी ?" अरुणा का स्वर उद्विग्न हो आता है।

सिसकियाँ मन्द हो जाती हैं। चारपाई चर्र से बोलती है।

"बेबी," अरुणा ने ज़ोर से पुकारा। माँ की कोठरी से उनके खर्राटों की आवाज़ एकाएक बन्द हो गई।

"कौन है," उनींदी आवाज़ में पूछा गया।

कुछ पल रुककर अरुणा ने कहा, "मैं हूँ।"

"अच्छा।"

बेबी दरवाज़ा नहीं खोलेगी। शायद उसे किसी की ज़रूरत नहीं है। पर माँ की कोठरी में बत्ती जली।

"क्या बात है ?"

"ऐसा लगा कि जैसे बेबी रो रही है। कहीं कोई तकलीफ न हो।"

"इस लड़की ने दुखी कर दिया है। क्या करे कोई !" माँ बाहर निकलीं, फिर लौट गईं।

माँ की कोठरी का दरवाज़ा बन्द हो जाने और बत्ती बुझ जाने के बाद भी अरुणा बेबी के दरवाज़े पर झुकी खड़ी रही। स्तम्भित-सी, माँ ने बाहर आकर एक बार भी नहीं पूछा कि बेबी क्या बात है ! क्या माँ सचमुच बेटियों के सुख-दुख से इतनी दूर हट गई हैं।

बेबी के कमरे के अन्दर अब पूर्णतः मौन है। कुछ देर में अरुणा चप्पल

घसीटती हुई वापस आई और अपने बिस्तर में लेट गई। दरवाज़ा खुला रह जाने के कारण बिस्तर बर्फ़-सा हो गया है। स्टेशन से शायद कोई मालगाड़ी गुज़र रही है।

अरुणा ने रजाई खींचकर मुँह तक ढाँप लिया। वह काँप रही है। ठंड से नहीं, बल्कि इसलिए कि उसके चारों ओर जो घट रहा है उस पर उसका रंचमात्र भी कंट्रोल नहीं है। बेबी अकेली है और उसे अन्दर कोई बड़ा भारी दुख साल रहा है, जो कि रात के बीच, इतने विवश हृदय-विदारक और अनियन्त्रित रूप में फूट पड़ा है। वह उस दुख को बाँट नहीं सकती, क्योंकि बेबी अपने को अकेला समझती है।

अरुणा इस दिन-दिन एकत्र होते दुख का अन्दाजा लगा सकती है। वह स्वयं जानती है कि वर्षों तक धीरे-धीरे बढ़ते हुए, एक ऐसी स्थिति आ जाती है जबकि वह भार और नहीं ढोया जा सकता। ऐसा ही एक असह्य क्षण अभी कुछ ही पहले उसके जीवन में भी आया था। अरुणा ठंडे बिस्तर में लेटी उस क्षण को फिर जी रही है।

राँची की एक शाम। घर अकेला है, बाक़ी सह-अध्यापिकाएँ पिकनिक पर गई हैं और रात गए लौटेंगी।

अरुणा एक झटके से उठी है, उसके मन में कोई घबराहट या उत्तेजना नहीं है। स्नानगृह में जाकर उसने बेसिन में लगा नल पूरा खोल दिया है। गुनगुने पानी की धारा के नीचे दोनों हाथ डाल दिए हैं। फिर उसने दाहिना हाथ बढ़ाकर एक नया रेजर उठाया है और बाईं कलाई पर घिसना प्रारम्भ कर दिया है, ठीक वहीं जहाँ नब्ज देखने के लिए डॉक्टर हाथ पकड़ते हैं।

पीड़ा थोड़ी ही देर की है, अरुणा कहती है, पर रक्त-बिन्दुओं को पानी में गिरता देख रही है। फिर उस घायल बाएँ हाथ में रेजर पकड़कर दाहिनी कलाई। उसकी उँगलियाँ शिथिल होती जा रही हैं, चेष्टा कर रही है। फिर एकदम आँखों के आगे अन्धकार, पैरों के अशक्त होने से पीछे गिरते हुए अरुणा के मन में एक बड़ा-सा सन्तोष भाव है। अन्त; एक त्रासभरे, खोखले जीवन का अन्त।

पर अन्त नहीं हो सका।

उसे नौकरी छोड़कर आना पड़ा, और अब उन दाग़ों को ढँकना पड़ता है, क्योंकि अभी तो वे बिलकुल हरे हैं।

सुबह, स्टेशन पर देहरादून से जानेवाली गाड़ियों की सीटियाँ। बाहर खटपट।

‘‘जीजी, चाय’’ बेबी चारपाई के पास खड़ी है। अरुणा ने हाथ बढ़ाकर चाय का प्याला पकड़ लिया।

बेबी लौटने लगी, वह फ्राक पहने है और ठंड में सिमटते हुए दोनों बाँहें उसने आगे सीने पर बाँध रखी हैं।

‘‘बेबी, यहाँ आना,’’ बेबी ठिठक गई।

‘‘आओ, यहाँ बैठो,’’ अरुणा ने साग्रह कहा।

बेबी पलंग की पाटी पर बैठ गई।

‘‘क्यों रो रही थी ?’’

बेबी के मुख पर सलज्ज मुस्कान आ गई, ‘‘ऐसे ही।’’

‘‘ऐसे ही कैसे ?’’

‘‘कभी-कभी रात में बड़ा डर लगता है।’’

‘‘कैसा डर ?’’

‘‘तुम्हारे लिए।’’

‘‘मेरे लिए ?’’

‘‘हाँ,’’ बेबी की सलज्ज उँगलियाँ अरुणा की दाहिनी कलाई को छूती हैं, ‘‘तुमने एक बार कोशिश की थी न, तुम फिर कभी...’’

अरुणा देर तक चुप रहती है। इतना सब कहकर बेबी लजा जाती है और उसने मुँह दूसरी ओर कर लिया।

आँगन में धूप काफ़ी चढ़ आई है। बाहर का दरवाज़ा खुला और हाथ में गीले कपड़े लिए माँ गंगा-स्नान के बाद अन्दर आईं। ‘‘बेबी ज़रा–’’ जैसे उन्हें कुछ ऐसा अप्रत्याशित-सा दिखा है कि वह वाक्य बीच में छोड़ चुप हो गईं।

अरुणा चारपाई पर बैठी है और बेबी उसके लम्बे-लम्बे बाल सुलझा रही है।

माँ तार पर कपड़े डाल रसोई में चली जाती हैं, फिर चाय का प्याला लेकर बाहर आती हैं। वे मोढ़ा खींचकर पास बैठ जाती हैं।

‘‘आज बड़ा लाड़ हो रहा है जीजी का।’’

‘‘बेबी मुझे शाम को सिनेमा भी ले जा रही है,’’ अरुणा धीरे-से हँसती है।

अरुणा को खुली बाँहों पर धूप अच्छी लग रही है।

वह आँखें मूँद लेती है।

# स्वीकृति

तीन घंटे की यात्रा के बाद वे उस जगह पहुँच गए, जहाँ से उन्हें वाशिंगटन द्वीप जाने के लिए स्टीमर लेना था। वे, यानी सत्य और जपा।

जपा लाल साड़ी पहने थी--वही साड़ी जो कुछ महीनों पहले वाल ने उसे भेंट की थी, और जपा ने यह जानते हुए भी स्वीकार कर ली थी कि जपा के गहरे साँवले रंग पर सत्य को चटक कपड़े बिलकुल भी अच्छे नहीं लगते।

सत्य ड्राइव कर रहा था। किसी भी प्रकार की प्रतीक्षा उससे सहन नहीं होती। उसकी भौंहें कुछ कुंचित थीं और चेहरे पर तनाव। शायद वह चाह रहा होगा कि स्टीमर जल्दी से जल्दी आए, जिससे वह यात्रा का अन्तिम चरण भी समाप्त कर वाशिंगटन द्वीप पहुँच सके।

जपा उस पर एक दृष्टि डाल बाहर की ओर देखने लगी। यहाँ पहुँचकर भूमि समाप्त हो जाती है। विस्तृत जल-राशि, जहाँ आकर ग्रीन वे मिशिगन सागर में खो जाती है, तट के किनारे सघन वृक्ष, जिनके पत्ते पतझर के आगमन की सूचना देते हुए हल्के पीले पड़ गए हैं, कुछ पीछे वृक्षों के पार छोटे-छोटे पर्वतों की एक शृंखला। दाईं ओर एक सार्वजनिक टेलीफ़ोन, तट से सटा हुआ एक कैफ़े, जिसकी दीवारों का सफ़ेद रंग पानी में घुल-घुलकर मैला-सा हो आया है। छींट की ढीली-ढाली फ्रॉक पर एप्रन पहने एक प्रौढ़ा, जो कि कैफ़े की दीवार से सटकर खड़ी है और चुँधियाई आँखों से उस ओर देख रही है जिधर दूर, बहुत दूर, आते हुए स्टीमर की रेखाकृति दिख रही है।

यह आख़िरी स्टीमर है। जो यात्री इसे लेंगे, फिर वे अगली सुबह तक वापस न लौट पावेंगे। पूरी रात वे उसी द्वीप पर बिताएँगे। वाशिंगटन द्वीप पर या मछली के शिकार के शौकीन लोग जाते हैं, या एकान्तप्रिय कलाकार, या फिर प्रेमी, और हम दोनों तो किसी भी श्रेणी में नहीं आते, जपा ने सोचा। वाशिंगटन द्वीप पर समय बिताने की बात पर जपा ने अब तक अधिक ध्यान न दिया था, पर अब जब स्टीमर आकर जेटी से लग गया और यात्री चढ़ने

लगे, तब जपा को पल-भर के लिए उत्साह छू गया। वह अन्य बच्चों के साथ उसकी ऊपरी डेक पर चढ़ गई और उस ओर देखने लगी जिधर वाशिंगटन द्वीप होगा।

यात्रियों और उनकी तीन मोटरों को चढ़ाने के बाद स्टीमर मुड़ा और चल पड़ा। जपा देर तक तट को देखती रही। उसने देखा कि स्टीमर के चल पड़ने पर प्रौढ़ा दरवाज़ा खोलकर कैफ़े के अन्दर चली गई है, और अब जेटी सुनसान है।

जपा एकाएक ऊपर से नीचे तक काँप उठी। सत्य के साथ कुछ समय नितान्त एकान्त में बिताने का विचार उसे बड़ा अजीब लगा। जैसे एडवेंचर की सारी भावना उसमें से लुप्त हो गई है। कहाँ है वह रोमांचपूर्ण आह्लाद जो ठीक पाँच वर्ष पूर्व सत्य से विवाह, और तुरन्त विदेशयात्रा करने के विचार से उस पर छा गया था ! ये पाँच वर्ष सुगम नहीं थे। जपा ने स्वीकृति में सिर हिलाया और स्वयं झेंप गई। उसने तुरन्त इधर-उधर देखा कि कहीं कोई देख तो नहीं रहा है कि लाल साड़ी पहने यह स्त्री अपने-आपसे बातें कर रही है।

सत्य निचली डेक पर खड़ा सिगरेट पीता रहा। ऊपर से जपा को केवल उसके स्वेटर की बाँहें और हाथ दिख रहे थे। अन्दर से उसे थोड़ी-सी स्वस्ति ही अनुभव हुई कि सत्य उसके पास नहीं आया।

स्टीमर लहरों को काटता धीरे-धीरे आगे बढ़ रहा था। अब चारों ओर मिशिगन सागर था, विस्तृत अतल। स्टीमर के गिने-चुने यात्रियों में कुछ ठिठुरे-से रेलिंग के पास खड़े थे, कुछ अन्दर लाउंज में बैठ गए थे। जपा को लग रहा था कि उसे भी अन्दर चला जाना चाहिए। ठंडी हवा उससे सही नहीं जा रही थी, फिर भी वह रेलिंग पर हाथ ढीले छोड़े खड़ी रही।

फिर उसे सीढ़ियों से ऊपर आता सत्य दिखाई दिया। सत्य कत्थई रंग का, काफ़ी पुराना स्वेटर पहने था, जो कि उसके गेहुएँ रंग पर बुरा नहीं लगता था। सत्य की गम्भीर काली आँखें, घुँघराले बाल उसे काफ़ी आकर्षक लगते थे। यदि किसी को इस तरह की सुन्दरता पसन्द हो तो; जपा ने बड़े ठंडेपन से सोचा। उसे तब अपने ऊपर आश्चर्य हुआ—अपनी दृष्टि के इस ठंडेपन और निरपेक्षता पर। वह दृष्टि एक पाँच साल की विवाहित पत्नी को अपने पति के प्रति नहीं थी, वह थी केवल एक स्त्री की दृष्टि, एक अन्य पुरुष के प्रति।

शायद इसी दृष्टि से जपा ने वाल को देखा था। वाल उसे अच्छा लगा था। तभी तो जपा ने उससे यह साड़ी भेंट में ले ली थी।

यह लाल साड़ी।

वाल से उसकी भेंट भी कैसे अप्रत्याशित ढंग से हुई थी।

सत्य ने जपा की नियुक्ति मिशिगन सागर के किनारे गगनचुम्बी अट्टालिकाओं वाले नगर में हिन्दी पढ़ाने के लिए करवा दी थी। वैसे तो जपा जाड़ों में ही कहने लगी थी कि जून में उसकी यह नौकरी जब ख़तम होगी तो वह और काम हाथ में नहीं लेगी। पब्लिक लॉ चार सौ अस्सी में आई किताबों की कैटेलौगिंग करते-करते वह थक चुकी है। अब उससे और अकेला रहा भी नहीं जाता। जून में काम ख़तम करके वह सत्य के पास आ जाएगी और फिर सारी गर्मियाँ मनचाही रीति से बिताएगी। सुबह देर तक सोना, फिर बालों में कंघा फेरते हुए चैन से बैठकर कुछ गुनगुनाना, रात के भोजन के लिए मन से कुछ खास व्यंजन बनाना। सत्य के फ़्लैट के पीछे कच्ची धरती का एक टुकड़ा है, उसी में टमाटर, हरी मिर्च व धनिया उगाएगी और किनारे-किनारे ग्लैडियोलाई की कतारें। अपने लिए कुछ अच्छे कपड़े ख़रीदेगी, और इस प्रकार सहज भाव से दिन गुज़ारेगी।

सत्य ने पहले उसकी बात मान भी ली। तभी आ पड़ी यह नौकरी। हेम ने जपा से पूछा भी नहीं, सीधे ही सत्य को फ़ोन किया और सत्य ने स्वीकृति दे दी।

सुनकर जपा म्लान पड़ गई। "मैं तो तुम्हारे साथ रहना चाहती थी। अब एक अनजान नगर में मैं कहाँ जाकर पड़ूँगी !"

"अनजान शहर क्या ? हेमशंकर तो उस प्रोग्राम के डायरेक्टर हैं। तुम्हारा ख़याल रखेंगे।"

जपा ने कहा, "हुँह !"

तब सत्य का स्वर कुछ कड़ा हो आया।

"हम जिस स्थिति में हैं, उसमें पन्द्रह सौ डालर का ऑफर अस्वीकार नहीं कर सकते।"

"क्यों नहीं कर सकते ?" जपा ने एकाएक चीख़कर कहा, "यही होगा न कि आपके नए घर में खिड़कियाँ कुछ सस्ती लग जाएँगी, या गुसलख़ाने में टाइल्स," कहते-कहते उसका गला भिंच आया। उसने देखा कि सत्य की मुख-मुद्रा अत्यन्त कठोर हो आई है। सायास अपने को संयत करते हुए जपा ने कहा, "अच्छा, अच्छा, मैं चली जाऊँगी।"

और उठकर अन्दर चली गई।

जब तक गर्मियाँ आईं, जपा ने अपने-आपको समझा लिया था। सदा की

तरह भारत लौटने पर एक नया घर, मोटर, व तमाम आराम के सामान, जोकि एक साधारण लेक्चरर को कहाँ उपलब्ध हो सकते हैं। नौकरी करना जपा के लिए क्यों आवश्यक है, इस पर सत्य के तर्क दोहराते-दोहराते वे उसे स्वयं भी स्वीकृत हो आए थे।

प्रोग्राम की ओर से जो मकान जपा को दिया गया था, वह सत्य को अधिक महँगा लगा। दो दिन तक खोजने के बाद उसने एक छोटा-सा फ़्लैट तय किया, जपा को वहीं छोड़कर वह वापस चला गया, अपनी नौकरी पर।

जपा इस सबके बीच एक निष्क्रिय दर्शक मात्र बनी रही। जब सत्य ने मकान ढूँढ़ लिया तो चली गई। अपना टाइम टेबल देखा, सुबह साढ़े सात से साढ़े नौ तक लगातार एक क्लास; हिन्दी ड्रिल की। रोज़ रात को घड़ी में अलार्म लगा देती, सुबह छह बजे उठकर तैयार होती और साढ़े सात बजे क्लास में। दो घंटों तक यन्त्रवत् हिन्दी में उच्चारण का अभ्यास कराती रहती। दोपहर का भोजन विद्यार्थियों के साथ ही करने का नियम था।

एक दिन कुछ उनींदी, कुछ खिन्न जपा ने दाहिनी हथेली पर ट्रे टिकाए हुए एक मेज़ के पास जाकर हिन्दी में पूछा, ''क्या मैं यहाँ बैठ सकती हूँ ?''

''बैठिए,'' दाईं ओर से तुरन्त उत्तर आया।

शायद चेहरे पर आश्चर्य पढ़कर उधर से कहा गया, ''मेरा नाम वाल है, मैं अभी दो वर्ष बनारस रहकर लौटा हूँ।''

''तभी तो,'' जपा ने कहा, और मेज़ पर ट्रे रख दी। तब दाईं ओर चेहरा घुमाकर जपा ने भरपूर दृष्टि से वाल को देखा। धूप में सिक-सिककर एकदम ताँबई हो आया रंग, जिसमें कनपटी पर उगे हुए बाल और भी हल्के रंग के लगते थे, काँटों की तरह नुकीली बरौनियाँ, एकदम लड़कियों जैसी, होंठों पर शिष्ट मुस्कान।

''मैं भारत जानेवाले इन विद्यार्थियों का परामर्शदाता हूँ,'' वाल ने कहा, ''आपका परिचय ?''

''जपा कुमार,'' जपा ने उत्तर दिया, ''पढ़ाने का यह मेरा पहला ही अवसर है।''

''सचमुच ? आपके विद्यार्थियों से आपकी मैंने बहुत प्रशंसा सुनी है।''

जपा ने इस पर कुछ नहीं कहा।

मुस्कराकर बात को यहीं थम जाने दिया।

कुछ दिनों बाद जपा को पता चला कि वाल वाशिंगटन से हर पन्द्रहवें दिन आता है और दो-तीन दिन विद्यार्थियों के साथ बिताता है। यह भी जपा के

ध्यान में आया कि जब वाल यहाँ होता है तो नियमित रूप से भोजन वह जपा के ग्रुप के विद्यार्थियों के साथ करता है, दूसरे शब्दों में उसी मेज़ पर, जहाँ जपा बैठती है। वाल हँसते-हँसते हिन्दी वार्तालाप में भाग लेता है, पर उसकी दृष्टि जैसे उष्ण हथेलियों की तरह जपा की त्वचा को सहलाया करती है।

जपा ऐसा आचरण करती है जैसे कि वह वाल के सिगनल समझती नहीं।

जब वाल चला जाता है तो जपा कुछ चैन-सा अनुभव करती है। सन्ध्या को अपने कमरे में कुर्सी पर पैर ऊपर कर चुपचाप बैठी हुई खिड़की से बाहर देखती है और इधर-उधर की बातें सोचती है। उन्हीं क्षणों में कभी उसने अपने-आप स्वीकार कर लिया है कि वाल उसे थोड़ा-सा अच्छा लगता है। इसके साथ मन में अच्छे लगने के भाव पर कुछ खेद है और सत्य पर आक्रोश इसीलिए और बढ़ गया है।

जपा वैसे नितान्त अकेली न थी। उसे पता था कि उसके ग्रुप के सभी विद्यार्थी उसे बेहद मानते हैं और वह पति से दूर है यह भी उन्हें मालूम है। अपनी हर गतिविधि में वे जपा को भी घसीट लेते। शनिवार के दिन सैर को निकल जाते, ख़ाली समय में घास के लॉन पर बैठकर धूप सेंकते और जपा से गपशप करते; लड़कियाँ अक्सर बाज़ार चली जातीं। एक बार उसको साड़ियाँ ख़रीदने की धुन सवार हुई और जपा को सलाह देने साथ जाना पड़ा। चहल-पहल से भरे बाज़ार से अलग एक पतली-सी गली में साड़ियों की दूकान थी, सोई, उदासी-सी। अलमारी में सिल्क की साड़ियाँ रखी थीं, रॉ सिल्क के थान, रेशमी स्कार्फ़। वाल रास्ता बताता हुआ साथ गया था। लाल रंग की एक सूती साड़ी उठाते हुए उसने जपा से पूछा, ''आपको यह पसन्द है ?''

''मैं लाल रंग नहीं पहनती।''

''क्यों ?''

''मेरे पति को पसन्द नहीं है।'' जपा ने कहा, ''वह उनके चित्त में तनाव-सा उत्पन्न करता है।''

''शादी पर तो पहनी होगी ?''

''नहीं। पीले रंग की थी।''

''सुन्दर लगी होंगी आप !'' वाल ने सहज भाव से कहा।

जपा ने चौंकी आँखें उठाकर उसे देखा। फिर उसे अपने-आप हँसी आ गई। रूप-रंग साधारण होने के कारण विवाह में कितनी अड़चनें पड़ी थीं, यह वह वाल को कैसे बतलाती। सत्य से शादी भी कितनी हबड़-तबड़ में हुई थी। सत्य पोस्ट-डाक्टोरल फेलो होकर विदेश आ रहा था। पत्नी पढ़ी-लिखी हो, और

दो टिकटों का प्रबन्ध दहेज में मिले धन से हो सके, उसकी केवल यही दो माँगे थीं। विवाह के बाद दो दिन भी चैन से न बिता सकी थी, तीसरे दिन से ही पासपोर्ट और वीजा के चक्कर में लग जाना पड़ा। जपा ने बिना किसी खेद के स्वदेश छोड़ दिया, न जाने किन सुखों की आशा में।

जपा को अपने बारे में भ्रम कभी नहीं रहा। हालाँकि शुरू-शुरू में जब कॉलेज में पढ़ना शुरू किया था, एक खुमार-सा मन पर छाया रहता। उसे लम्बे बालों की ढीली-ढाली चोटी कर सहेलियों के साथ इंडिया गेट पर घूमना अच्छा लगता था, बिना बात ज़ोर-ज़ोर से हँसी आती और पूरा-पूरा रविवार चारपाई पर लेट उपन्यास पढ़ते हुए बिता देना अत्यन्त सन्तोषप्रद और सुखद लगता। दर्जनों चूड़ियों से भरी अपनी कलाइयाँ उसे सुन्दर लगती थीं। फिर भी वह जानती थी कि वह अत्यन्त साधारण है और इसी कारण पढ़ाई समाप्त कर उसने एक छोटे-से शहर में नौकरी कर ली, और शायद अब भी वह कहीं होती यदि सत्य से उसका विवाह न हो गया होता।

तब साड़ी की दूकान पर खड़े हुए, लाल रंग के चिकने कपड़े पर हाथ फेरते हुए जपा को एक बार, बड़े सशक्त रूप से यह लगा कि सत्य ने जपा के रूप-रंग, उसकी भावनाओं या इच्छाओं पर कभी ध्यान नहीं दिया। जपा सदा उसके लिए एक निमित्त रही है। अपनी आकांक्षाओं की मूक श्रोता, अपनी उन्नति की सहायक। साथ रहने पर भी शायद सत्य ने यह नहीं जाना कि प्रायः रात को जागकर वह छत के अँधेरेपन को ताकती रहती है, जबकि वह स्वयं गाढ़ी नींद में सोया रहता है।

लड़कियों ने साड़ियाँ पसन्द करके ख़रीद लीं। जपा ने देखा कि पन्द्रह डालर देकर वाल ने वह लाल साड़ी बँधवा ली है और लौटते समय न जाने किस संयोग से ऐसा हुआ कि जपा ने पाया कि वह वाल के साथ अकेली है। लड़कियाँ बाज़ार में कुछ और ख़रीदारी के लिए पीछे रह गईं।

कार चलने पर झील की ओर से ठंडी हवा आने लगी, तो दिनभर की क्लान्त जपा की आँखें मुँद गईं और दाएँ गाल पर पानी की गन्ध-भरी हवा के स्पर्श में डूबी-डूबी वह बैठी रही। सड़क पर पन्द्रह मील से तेज़ जाने का निषेध था, इसलिए धीमी गति से जाती मोटर में लहरों की निरन्तर पछाड़ का रव आता रहा।

मोटर मन्द होती हुई सड़क के किनारे रुक गई। दाईं ओर झील थी, जिसमें अनेक प्रकार की नौकाओं के पालों की भीड़ थी। सड़क पर नीली-नीली रोशनी बिखरी थी। जपा ने वाल को देखा। उसके दोनों हाथ स्टीयरिंग ह्वील पर टिके

थे और वह ध्यानमग्न-सा बैठा था, अपने में तल्लीन। वाल को ऐसे बैठा देख जपा के मन में नन्हा-सा कौतूहल जन्मा। वाल नाम का यह व्यक्ति सचमुच कैसा है ?

"उतरेंगी ?" वाल ने पूछा।

"कोई विशेष इच्छा नहीं है," जपा ने कहा।

कुछ देर दोनों चुप रहे। सड़क पर मोटरें आ-जा रही थीं। दूर लाइट-हाउस की बत्ती चमक रही थी और घोड़े की नाल के आकार की खाड़ी में शहर की बिजलियों का प्रतिबिम्ब काँप रहा था।

किसी सागर की तरह विस्तृत और अथाह थी यह जलराशि, लहरों में वैसी ही पागल उत्तेजना, प्रतिक्षण आकर तट पर सिर पटकते रहना।

जपा ने एक लम्बी साँस ली।

"आपको तो यहाँ काफ़ी समय हो गया होगा ?" प्रश्न आया।

"जी हाँ। आप भारत में कब तक रहे ?"

"दो साल।"

"क्या आपके पास कोई छात्रवृत्ति थी ?"

"मेरी पत्नी के पास फ़ुलब्राईट थी। अमेरिकन साहित्य पढ़ाने के लिए मैं अपने ख़र्च से गया था।"

"आपकी पत्नी वाशिंगटन में होंगी ?"

"मेरा उनसे सम्बन्ध-विच्छेद हो गया है।"

"मुझे दुख है।" जपा ने औपचारिक रूप से कह दिया है।

"मेरी पत्नी अमेरिकन साहित्य पढ़ाने के लिए नियुक्त हुई थीं, पर उन्हें भारत बिलकुल पसन्द नहीं आया।"

"और आपको ?"

"आइ लव्ड इट। यह प्रोग्राम समाप्त होते ही मैं दो वर्षों को फिर जा रहा हूँ।"

"कहाँ ?"

"यह अभी निश्चित नहीं है।"

"गर्मी में आपको तकलीफ नहीं हुई ?"

"मेरी पत्नी ऊटी चली गई थीं, पर मैं बनारस में ही रहा था। दोपहर में दरवाज़े बन्द कर लेता था और छत का पंखा चलाकर पढ़ा करता था।"

उस सन्ध्या के अन्त के बाद जब जपा घर लौटी तो वह पहले से अत्यन्त हल्कापन और प्रसन्नता अनुभव कर रही थी। उसके हाथ में साड़ी का पैकेट

था और कभी उसे पहनकर वाल को दिखाने का वायदा भी कर चुकी थी।

कुछ देर को वह, सत्य पास खड़ा है, यह भूल ही गई थी। सत्य वैसे भी मितभाषी रहा है, पर इधर तो वह कभी ही कुछ बोलता है।

सत्य को नया स्वेटर चाहिए, जपा ने निरुद्देश्य ही सोचा। यह स्वेटर उसने विवाह से पहले बुनना शुरू कर दिया था। अब तो एक अरसा हुआ कि उसने ऊन-सलाई को हाथ भी न लगाया था। कुछ दिन पहले जपा ने जब नवविवाहिता मिसेज़ प्रसाद को एक छोटा-सा स्वेटर बुनते देखा था, तो उसे बड़ा अज़ीब-सा लगा था। पर अपने विवाह के तुरन्त बाद छोटे-छोटे कपड़े बुनना उसे शायद स्वाभाविक ही लगता। एक नारी के जीवन की परिणति कुछ और भी हो सकती है, यह बात उसके ध्यान में भी न आई थी।

जपा झुककर उन फेनिल लहरों को देखने लगी, सत्य से कुछ कहने से बचने के लिए।

"काफ़ी सर्दी हो गई है।" जब बीच का मौन उसे स्वयं अस्वाभाविक लगने लगा तो जपा ने कहा।

"अन्दर केबिन में चली जाओ।" सत्य ने धीरे-से कहा।

"नहीं, मैं यहीं ठीक हूँ।" जपा ने दोनों बाँहों को साड़ी से ढँक लिया।

सत्य पास पड़ी कुर्सी पर बैठ गया। जपा ने एक उड़ती दृष्टि डालकर मुँह दूसरी ओर कर लिया। अन्य यात्री समझेंगे कि हम लड़कर आए हैं, वह सोचने लगी।

पर सच तो यह था कि पिछले दिन सत्य के एकाएक नौकरी से छुट्टी लेकर आने से अब तक उनमें केवल बड़ी औपचारिक-सी बातें हुई थीं।

और सत्य ने जब वाशिंगटन द्वीप जैसी निर्जन जगह जाकर भी विवाह की पाँचवीं वर्षगाँठ मनाने का निश्चय सुनाया, तो जपा चकित होते हुए भी प्रतिवाद न कर सकी। विवाह की वर्षगाँठ वे नियमित रूप से मनाते थे पर इतना अधिक आयोजन सत्य ने कभी नहीं किया था।

एक घंटे की निरन्तर यात्रा के बाद जपा ने पाया कि दूर, भूमि दृष्टिगत होने लगी है। पानी का नीलापन अब धूमिल-सा पड़ने लगा है, और कुछ दूर ऊपर मँडराती एक अकेली ईगल है, पूरा लैंडस्केप अत्यन्त धुला-धुला, उज्ज्वल और प्रकाशमय।

स्टीमर के रुकते ही यात्री उतरने की तैयारी करने लगे। दाएँ हाथ में पर्स पकड़े जपा भी नीचे आकर सत्य की प्रतीक्षा में खड़ी हो गई। सब यात्रियों के उतर जाने पर ही गाड़ियाँ निकलेंगी। उनकी कार का सबसे आख़िरी नम्बर है।

फीके-से पीले रंग की, उन्नीस सौ तिरेपन मॉडल की प्लिमथ। उसके आने पर वह सत्य की बग़ल में बैठ जाती है। टैक्सीवाला सत्य को होटल का रास्ता बता रहा है। जो भी गिने-चुने यात्री उतरे हैं, अपनी गाड़ियों पर बैठ रहे हैं और शायद टैक्सीवाले को अब कोई सवारी न मिले। वह काफ़ी बूढ़ा है और उसका दायाँ हाथ खिड़की पर टिका है। जपा को उसके हाथ लम्बे और संवेदनशील-से दिखते हैं। सत्य के धन्यवाद देने पर वह मुस्कराता है, और उसमें जपा को भी सम्मिलित करता हुआ कहता है, "वाशिंगटन द्वीप पर आपका स्वागत है।"

कार चल पड़ती है और उसके झटके से जपा क़रीब-क़रीब सीट पर गिरने-गिरने को हो जाती है। सीधे बैठते हुए यह द्वीप जो छाप उस पर छोड़ता है, वह पतली कँकरीली सड़क पर झुके घने वृक्षों की, और साँझ के समय पक्षियों के सम्मिलित कलरव की है। ठंडी हवा के लगातार आते हुए झोंको में एक ताज़ापन है, जिससे जपा के दाएँ गाल से लेकर बाँह तक रोएँ भरभरा आते हैं।

सत्य पर ये सब जैसे कोई भी प्रभाव नहीं छोड़ते। ऐसा लगता है कि अनजान सड़क पर कार चलाने में ही वह संलग्न है। पर जपा जानती है कि सत्य का वैज्ञानिक मन प्राकृतिक सौन्दर्य से प्रभावित या द्रवित नहीं होता। उसके लिए आकाश केवल आकाश मात्र है, मिशिगन सागर केवल अतुल जलराशि, जबकि जपा के लिए ठंडी बालू में हाथ गाड़कर अंजुलि भर-भरकर बालू के कण फिसलने देना, या भर-भर आती लहरों में पाँव जमाकर खड़े होना, या फिर असीम आकाश के नीचे बाँहें खोलकर खड़े रहना एक अननुभूत अनुभव बन जाता है। जपा को लगा कि उसके बाल पीठ पर ढलक आए हैं, और अनावरण कन्धे पर हल्के-से एक हाथ आ पड़ा है।

निश्चय ही वह सत्य का स्पर्श नहीं है।

नहीं, जपा अब कुछ और नहीं सोचेगी। यत्नपूर्वक दफनाए गए उन भावों को फिर से प्राणवान् करने में केवल दुख है, और कुछ नहीं।

फिर भी उसके मन पर खेद की एक रेखा पड़ ही जाती है कि सत्य उसे यह वर्षगाँठ मनाने मिशिगन सागर के निकट न लाया होता, क्योंकि मिशिगन सागर से पूरी गर्मियों की स्मृतियाँ जुड़ी हुई हैं। इन लहरों का स्वर ही जैसे सत्य के प्रति संचित सारे आक्रोश को फिर जीवित कर देता है।

बाईं ओर मुड़कर कार रुक जाती है। सामने 'हॉलीडे इन' का साइनबोर्ड लगा है।

सत्य कार का इंजन बन्द करके जपा की ओर मुड़कर कहता है, "यह बहुत एकान्त जगह है।"

"आपको इसका पता कैसे लगा ?"

"प्रोफ़ेसर साइमन ने सुझाया था। उन्होंने कहा कि यहाँ आकर या तो सम्बन्ध दृढ़ हो जाते हैं, या फिर टूट ही जाते हैं, बिलकुल।"

जपा से एक पल तो कुछ कहते न बना।

सत्य को भी इस विवाह-सम्बन्ध से कोई असन्तुष्टि हो सकती है, ऐसा ख़याल उसे कभी भी नहीं आया। साँझ के धूमिल आकाश की पृष्ठभूमि में सत्य की सिलवट जैसे उसकी आँखों में उछल आई।

सत्य भी किसी गौरांगना को उतना ही आकर्षक लग सकता है जितनी कि वह वाल को लगी थी। सत्य की कामना न करते हुए भी यह विचार जपा को अच्छा न लगा। सत्य जैसे अभी भी जपा के उत्तर की प्रतीक्षा में खड़ा था।

"यह तो समय ही बता सकता है," जपा ने कहा।

होटल की मालकिन जब उन्हें कमरा दिखाने लगी तब भी जपा की आँखें देख रही थीं, पर मन में कुछ गुन-गुन कर रहा था। यदि सत्य विवाह-बन्धन स्वेच्छा से तोड़ना चाहता है तो फिर वह क्या करेगी ?

"तुम्हें कमरा पसन्द है ?" सत्य उससे पूछ रहा था।

"हूँ।" जपा ने कहा।

"हम यह प्रायः नवविवाहितों के लिए रखते हैं।" सफ़ेद बालोंवाली वह स्त्री मुस्कराती हुई दोनों को देख रही थी।

"ठीक है, तब हम यह कमरा लेंगे।" सत्य उसकी बात के उत्तर में मुस्कराने लगा।

सत्य को यह व्यावहारिक बातें कैसे कौशल से करनी आती हैं—कब, किस व्यक्ति को, कौन-सा कॉम्प्लिमेंट दे, कब किसको क्या उपहार देना उचित होगा ! तभी तो वह खटाखट उन्नति करता जा रहा है, और जबकि अन्य लोग तलाश में मारे-मारे घूमते हैं, जपा के लिए कभी नौकरियों की कमी नहीं पड़ी।

"आजकल हमारा ऑफ सीज़न है, इसलिए कोई अन्य सैलानी यहाँ नहीं है। आपको किसी प्रकार का शोरगुल, बाधा नहीं पहुँचाएगा।" कहकर मालकिन ने कमरे की चाबी शृंगार-मेज़ पर रख दी और चली गई।

उसके जाने के बाद पूरी इमारत में एकदम निस्तब्धता छा गई। तब जपा ने पहली बार सुना, नियमित रूप से बजता वह हॉर्न, जो कि आते-जाते जहाज़ों

को चेतावनी दे रहा था। उसने लम्बी पिक्चर विंडों पर से परदा हटा दिया और दूर, लाइट-हाउस में जलती रोशनी देखने लगी।

सत्य ने कहा, "तुम्हें हाथ-मुँह धोना हो तो धो लो, फिर हम खाना खाने चलें।"

"सुनो, तुम मुझे यहाँ क्यों लाए हो ?" जपा ने एकाएक पूछा।

"तुम भूल गईं क्या, कल हमारे विवाह की पाँचवीं वर्षगाँठ जो है।" सत्य ने बड़ी सहजता से कहा।

"पर इससे पहले तो तुमने कभी ऐसा आयोजन नहीं किया ?"

"पाँचवीं वर्षगाँठ हम दोनों के लिए ही बहुत महत्त्वपूर्ण है।"

"किसलिए ?" जपा ने कुछ जिद-भरे स्वर में पूछा।

"तुम अब उद्विग्न हो रही हो। जाओ, हाथ-मुँह धो लो।"

जपा ने गुसलख़ाने में जाकर दरवाज़ा भड़ से बन्द कर लिया।

न जाने कब सत्य यह स्कूल-मास्टराना व्यवहार करना छोड़ेगा, कोई बच्ची तो नहीं है जपा, पूर्ण युवती है।

पूरे डाइनिंग रूम में वे दोनों अकेले हैं। मालकिन ने विशेष तौर से उन दोनों के लिए खाना बनवाया है। भोजन के पहले सत्य ने अपने लिए एक बियर मँगवाई और जपा से पूछा, "तुम सन्तरे का रस लोगी या टमाटर का ?"

"एक वोद्‌का मार्टिनी।" जपा ने मेज़ के पास खड़े वेटर को सीधा देखते हुए कहा।

"क्या ?" सत्य का आश्चर्य जो प्रत्यक्ष हो आया था, उससे हल्का-सा आनन्द उठाते हुए जपा ने ऑर्डर दोहरा दिया।

पर जब दोनों का ऑर्डर आया तब सत्य ने बिना कुछ कहे झागदार बियर का गिलास मुँह से लगा लिया। जपा ने पहला घूँट लिया। एक लम्बा, बड़ा-सा घूँट, फिर उसकी उष्णता को अपने अन्दर महसूस करते हुए उसने अपने शरीर को ढीला छोड़ पीठ को कुर्सी से टिका दिया।

भोजन के दौरान भी कोई कुछ न बोला। अपना भोजन समाप्त कर जपा तेज़ी से अपने कमरे में आई और पलंग पर लेट गई। सत्य ने पीछे से आकर दरवाज़ा बन्द किया और कहा, "तुम कॉफ़ी के लिए नहीं रुकीं ?"

"मुझे नींद नहीं आती।"

"यहाँ क्या तुम सिर्फ़ सोने के लिए ही आई हो ?" जपा ने इसका उत्तर नहीं दिया।

"आओ थोड़ा घूमने चलें।" सत्य ने कहा।

जपा को उठना पड़ा। वह जानती थी कि सत्य का यह सुझाव नहीं, आदेश है।

थोड़ी दूर चुपचाप टहलने के बाद सत्य ने पूछा, "ठंड लग रही है ?"

"नहीं।"

"आओ यहाँ बैठें।" सत्य ने काठ की एक बेंच की ओर इशारा करते हुए कहा।

जब भी जपा कुछ ऐसा आचरण करती है, जिससे कि सत्य की इच्छाओं की जान-बूझकर अवमानना झलकती है, तो सत्य का व्यवहार उसके प्रति अत्यन्त मधुर हो आता है, जैसे वह रूठे बच्चे को मना रहा हो, खिलौने देकर उसका क्रोध शान्त कर रहा हो। तभी जपा की समझ में आ गया कि सत्य उसे वाशिंगटन द्वीप क्यों लाया है। वाल के साथ की मैत्री की भनक उसके कानों में अवश्य पड़ी होगी। पर गर्मियाँ समाप्त हो चुकी हैं, वाल भारत चला गया है। सत्य ने खूब अच्छी तरह सोच-विचारकर यही निश्चय किया होगा कि खूब लाड़-प्यार कर जपा को मना लेना चाहिए कि सत्य को उसकी आवश्यकता है।

क्या उसी तरह, जैसे जपा ने वाल की आवश्यकता अनुभव की थी; एक संगी मित्र और पुरुष की आवश्यकता ? एक ऐसा व्यक्तित्व, जिसके आगे अपनी भावनाओं, विचारों और अपने आचरण पर पड़े सभी आवरणों को एक झटके से उतारकर फेंका जा सके।

न चाहने पर भी जपा उन सब अवसरों को याद कर उठी जो इसी सागर के तट पर उसने वाल के साथ बिताए थे। ठंडे पानी में कपड़े पहने ही प्रविष्ट कर जाना और बाद में शाखाओं और रेत पर बिखरी लकड़ियों को बटोरकर जलाई आग पर धीरे-धीरे अपनी हथेलियों और तलवों को सेंकना, और पानी के उस पार आकाश का हल्के-हल्के उजला हो आना।

सत्य ने निस्तब्धता को तोड़ते हुए कहा, "जपा, क्या तुम भारत वापस जाना चाहती हो ?"

"क्यों ?" जपा विचारों पर व्याघात से चौंक गई थी।

"यदि तुम वापस जाना चाहती हो तो हम लौट सकते हैं। यदि तुम अकेली जाना चाहो, तो भी।" सत्य ने रुक-रुककर कहा।

"और तुम ?"

"मैं भी चलूँगा, यदि तुम चाहो।"

"और मैं क्यों नहीं चाहूँगी ?" जपा जान रही थी कि अधिक देर वह

शब्दों का उलट-पलट उससे खेल न सकेगी।

सत्य ने उत्तर नहीं दिया।

एकाएक लहरों का गर्जन बढ़ गया। शायद ज्वार आ रहा था।

एक लम्बी चुप्पी के बाद जपा ने कहना चाहा, "वाल और मैं–"

"तुम्हें कुछ नहीं कहना–" सत्य ने मन्द स्वर में कहा। और उसकी लाल साड़ी का किनारा धीरे-धीरे छूता रहा।

# मछलियाँ

विजी सड़क के किनारे खड़ी है। पतझर की सुनहरी, रंगभरी शाम सड़क और इमारतों पर छाई हुई है। पूर्व से रह-रहकर हवा आती है जिससे विजी की हल्की, पारदर्शी नॉयलोन की साड़ी पर छपे फूल धीरे-धीरे हिलते हैं। सारे दिन के बाद जूड़ा ढीला हो नीचे गर्दन पर टिका है और बैम्बूक्लिप का एक सिरा मांस में निरन्तर चुभ रहा है।

विजी अकेली नहीं है, पास ही नटराजन भी खड़ा है। पर विजी ने नटराजन की ओर मुँह फेर लिया, क्योंकि विजी की आँखों में आँसू हैं। विजी नहीं चाहती कि नटराजन जाने कि वह रो रही है। तीन महीनों के बाद लौटकर विजी ने जो समाचार सबसे पहले सुना, वह यह था कि नटराजन शीघ्र ही मुकी, नयनतारा मुकर्जी से विवाह करने जा रहा है। कहाँ वह डायन, कहाँ बेचारा नटराजन !

विजी चाहती है कि इस बात का बुरा न माने कि नटराजन को मुकी अच्छी लगती है, कि मुकी ने विजी को निमन्त्रण नहीं दिया है, कि स्वयं नटराजन ने अब तक एक बार भी नहीं पूछा है, "विजी, तुम आओगी न !" अगर पूछे तो विजी को वह सब कहने का अवसर मिले तो, जो हृदय में कल से उमड़-घुमड़ रहा है।

शाम को सड़क पर आवा-जावी बहुत बढ़ जाती है। लालबत्ती के बदलने पर दोनों सावधानी से सड़क पार करने लगे। कुछ दूर चलने पर भीड़ और रोशनियोंवाली सड़क अचानक ही अँधियारी और उदास दिखने लगती है। अब नटराजन को विजी का चेहरा स्पष्ट नहीं दिखाई देता। यहाँ खड़े होकर वह विजी का सिर अपने सीने से लगा लेना चाहता है, क्योंकि उसका उदास-सा, दुःखी चेहरा नटराजन से नहीं देखा जाता। पर वह स्वयं जानता है कि वह ऐसा नहीं करेगा। नटराजन को अपने संयम पर गर्व है, और उसके मन में यह सन्तोष है कि उसने कभी विजी के सम्मुख अपनी भावनाओं को नहीं व्यक्त

किया। जो अभी तक विजी से गोप्य रखा है, उसे अब कहने की ज़रूरत भी क्या !

विजी का घर पहले आता है। वह वहाँ एक पल ठिठकी और बोली, "आओ, एक कप कॉफ़ी पीकर चले जाना।"

विजी के स्वर में आग्रह न था, आत्मीयता भी न थी; पर कुछ था अवश्य। नटराजन जाते-जाते रुककर खड़ा हो गया।

मुकी को पता लगेगा तो वह बहुत बुरा मानेगी। विजी और मुकी में लम्बी अनबन है। विजी तो मुकी का नाम तक नहीं सुन सकती। पर नटराजन अभी तो स्वतन्त्र है। उसने देखा कि विजी दरवाज़े के ताले में चाबी डालकर घुमाते हुए मुड़कर देख रही थी कि वह आता है या नहीं।

"अच्छा," नटराजन ने कहा।

विजी ने दरवाज़ा खोला, अन्दर जाकर बत्ती जलाई।

"आओ," अपने पर्स को मेज़ पर रखते हुए विजी ने कहा।

नटराजन ने कमरे के मध्य में खड़े होकर चारों ओर नज़र दौड़ाई, दीवार पर एयर इंडिया का पुराना कैलेंडर, मेक्सिकन बास्केट के शेडवाला लम्बा लैम्प, सोफ़े पर छींट का वही खोल।

"चाय पीयोगे या कॉफ़ी ?" विजी ने पूछा और उत्तर की आशा में विमनस्क भाव से खड़ी रही।

"कॉफ़ी हो तो कॉफ़ी, नहीं तो एक गिलास पानी से काम चलेगा।"

"लगता है कि मीठा बोलना भूल गए हो।"

"कौन ?" मैं कि तुम ?"

"मैंने तो मीठा बोलना जाना ही कब था। मीठा तो वह बोलती है..." विजी ने कहते-कहते अपने को रोक लिया, और रसोई की ओर चली गई।

कमरे से रसोई का दरवाज़ा दिखता है। नटराजन ने कुर्सी से थोड़ा-सा आगे उठँगकर पूछा, "कौन ?"

विजी रसोई के अन्दर हो गई, जिससे नटराजन को न दिख सके। तव नटराजन ने कुछ स्वस्ति-सी अनुभव करते हुए पैर फैलाकर सामने रखी मेज़ पर टिका दिए। रसोई में से पानी गिरने की झर-झर आवाज़ आ रही थी। खिड़की के प्लास्टिक पर्दों के उस पार कुछ नहीं दिखता। अमरीका के इस शहर में विजी नाम की लड़की के घर में अकेले बैठे नटराजन को इस समय, कुछ भी असंगत नहीं लगता। वह भूल-सा जाता है कि कुछ ही दिन बाद वह एक दूसरी लड़की से विवाह करने जा रहा है। जैसे उसने अपनी

भावनाओं-विचारों को अलग-अलग कक्षों में बाँट दिया है। छह साल से वह विदेश में रहते-रहते ऊब गया है, पर भारत में पसन्द की नौकरी न मिलने से यहीं कुछ वर्ष और रहना होगा। उसने मुकी से विवाह करने का निश्चय बहुत ठंडे दिमाग़ से सोचने-विचारने के बाद किया है। मुकी उसे कुछ मायनों में अच्छी लगती है, मुकी के मन में नटराजन के लिए आदर है। दोनों जानते हैं कि विवाह का दायित्व वे अच्छी तरह निबाह सकेंगे।

पर यह सब विजी को कैसे समझाया जाए !

कमरे में घी गर्म किए जाने की सुगन्ध भर उठी, फिर ढेर-सी प्याज मक्खन में छोड़ दी गई।

"विजी, क्या बना रही हो ?" नटराजन ने आवाज़ ऊँची करते हुए पूछा।

स्टेनलैस स्टील की कलछी हाथ में पकड़े विजी ने रसोई से थोड़ा-सा इधर आकर कहा, "यों ही कुछ थोड़ा-सा।"

"कितनी बार बताया कि पहले सरसों के दाने चटका लिया करो, प्याज पहले डालने से वह ठीक से नहीं चटकते," नटराजन कहते-कहते कुर्सी से थोड़ा उठा, फिर बैठ गया।

आज वह विजी का अतिथि है, रसोई में जाकर बीच में अड़ंगा लगाना उसके लिए शोभन नहीं है। वे दिन नहीं हैं जबकि अपार्टमेंट मनीश और नटराजन का था, और रसोई में उसका आधिपत्य। मनीश को दक्षिणी भोजन अच्छा लगता है, यह जानकर विजी ने सोत्साह नटराजन की शिष्या बनना स्वीकार कर लिया था। विजी ने कैसे पूर्णरूप से मनीश की रुचियों के अनुसार ढलना आरम्भ कर दिया। उन दिनों विजी रह-रहकर हँसा करती थी और उसकी उज्ज्वल, तरल आँखों में आन्तरिक उल्लास की आभा झरती थी। अब तो उसके गोरे चेहरे पर कलौंस आ गई है, हँसी जैसे होंठों को हल्के-से छूकर लौट जाती है।

विजी दो तश्तरियों में उपमा ले आई और मेज़ पर रखकर कॉफ़ी लेने वापस लौट गई। नटराजन की ऐक्सपर्ट आँखें देख रही हैं कि प्रिपरेशन ठीक नहीं है, सूजी कहीं-कहीं जल गई है, कॉफ़ी लाकर विजी ने तश्तरी उसे दी, तो वह चुपचाप खाने लगा। विजी ने स्वयं भी दो चम्मच उपमा खाकर तश्तरी रख दी और कहा, "ठीक नहीं बना न ?"

उस क्षणांश में जैसे पहलेवाली प्रफुल्लाहासिनी विजी इस क्लान्त मुख में झाँक गई।

"नहीं तो, अच्छा है," नटराजन ने कहा। उसे लगा कि जैसे इस बीच

विजी ने अपने को थोड़ा-सा और दूर हटा लिया है। दोनों के बीच की दूरी, अनकही बातों की दीवार, बढ़ती जा रही है।

विजी ने कॉफ़ी का प्याला उसकी ओर बढ़ाया। नटराजन ने प्याला थामते हुए, वातावरण को यथासाध्य सहज बनाने के प्रयत्न में पूछा, "वाशिंगटन में कैसा लगा विजी ? यहाँ कब तक रहने का इरादा है ?"

"वाशिंगटन में मैंने एक नाटक देखा था, जो बहुत पसन्द आया : 'छोटी मछली, बड़ी मछली,' जिसमें बड़ी मछली छोटी मछलियों को निगलती रहती है। तब से कभी-कभी सोचती हूँ कि क्या छोटी मछली उलटकर वार भी नहीं कर सकती ?" कहकर वह अनमनी-सी हँसी, "तुम नहीं समझोगे।"

"घर में सब ठीक प्रकार है ? पिता, भाई, बहन ?"

विजी ने इस प्रश्न पर चकित आँखें उठाईं और कहा, "वे लोग मुझे चिट्ठी ही कहाँ लिखते हैं ?"

"तुमने उन्हें सूचना नहीं दी ?"

"इतना लड़-भिड़कर, इतने गर्व के साथ चली आई थी। यह किस मुख से लिखती कि शादी टूट गई है ! मनीश का जी मुझसे भर गया है !"

विजी की बात में हल्की-हल्की कड़वाहट है। नटराजन नहीं चाहता कि यह बात आगे बढ़े। विजी और मनीश के विवाह न करने में मुकी का जितना हाथ रहा है, नटराजन से छिपा नहीं। इस नाटक का वह आद्योपान्त दर्शक रहा है।

"थोड़ी कॉफ़ी और दोगी, विजी ?" उसने पूछा।

बाहर अँधेरा गाढ़ा हो गया है। कमरे में लैम्प-शेड की झिंझरियों से निकलकर दीवार पर प्रकाश अच्छा दिखता है।

विजी ने अपने बालों में अटका क्लिप निकालकर मेज़ पर रख दिया और सिर को धीरे-धीरे कई झटके दिए, जिससे बाल पूरे खुल जाएँ।

"और तुम कैसे हो ?"

"ठीक हूँ। और तुमने समाचार तो सुना ही होगा ?" नटराजन ने हल्के-से पूछा। पर झगड़ने का मूड अब विजी पर नहीं था। वह एकाएक असीम थकान से भर उठी। दाईं बाँह फैलाकर उसने सोफ़े पर टिका दी।

"हाँ।"

विजी के स्वर से नटराजन को कुछ अन्दाज़ न हुआ कि विजी की क्या प्रतिक्रिया है। पर विजी ने सायास आँखें पूरी खोलकर पूछा, "अच्छा नटराजन, तुम्हें वह बहुत पसन्द है ? बहुत अच्छी लगती है ? उसके बिना रह नहीं सकते ?"

नटराजन चौंक गया। एकाएक कुछ उत्तर न दे पाकर वह विजी को देखता रह गया।

"जानती हूँ, जानती हूँ।" विजी ने कहा, "उसकी आँखें लम्बी-लम्बी हैं, वह सोफ़ेस्टिकेटेड है, कार चलाती है, अंग्रेजी में कविता लिखती है, पीली मछलियाँ पालती है। वह सभी को अच्छी लगती है, तुम्हें, मनीश को, सबको..."

पहले विजी का कंठ रुद्ध हुआ, फिर ढेर से आँसू आँखों में उमड़ आए। पर वह कहती गई, "मैं उसके आगे क्या हूँ। अत्यन्त क्षुद्र, उपेक्षणीय ! मुझे तो तुम निमन्त्रण पाने तक का अधिकारी भी नहीं समझते..."

नटराजन उठकर विजी के पास बैठ गया, "कैसी पागलपन की-सी बातें कर रही हो विजी ? तुम्हें क्यों नहीं बुलाएँगे ? मुकी आजकल बहुत बिजी है, इसी से निमन्त्रण भेजने में देर हो गई होगी।"

नटराजन कह रहा है और मन ही मन अपने को धिक्कार रहा है। क्यों उसमें स्पष्ट बात कहने का साहस नहीं है ! अनेक बार चाहने पर भी मुँह से विजी को न जता सका कि वह उसके लिए कितनी प्रिय है ! छह वर्षों के इस दीर्घ प्रवास में अनेक युवतियों से परिचय हुआ, पर विजी के मात्र नैकट्य से उसमें जो प्रतिक्रियाएँ होती थीं, वह नटराजन के लिए एक नया ही अनुभव था। पूरी तरह जानते हुए कि विजी मनीश की वाग्दत्ता है, कि कुछ ही महीनों बाद दोनों विवाह कर लेंगे, नटराजन को विजी के बारे में सोचना भला लगता था। दिन-भर अपने को काम में व्यस्त रखने पर भी यह आशा मन में जगी रहती कि शाम को शायद विजी मनीश से मिलने आए। मनीश के पास उन दिनों पैसों की बहुत तंगी थी, इसलिए विजी को अधिक घुमाने-फिराने के बजाय वह सन्ध्याएँ अपार्टमेंट में बैठकर बीयर पीते और संगीत सुनते हुए गुज़ारता था। विजी इधर-उधर अत्यन्त उदास भाव से मँडराती थी, और नटराजन दोनों के अकेलेपन में बाधक न बन अपने कमरे में लेटा पुस्तक पढ़ता हुआ, दीवार के उस पार विजी की हँसी सुना करता था, और सुगन्ध-सी सारे घर में छाई रहती थी।

पर वे दिन अब नहीं हैं। नटराजन अब बैठकर उन खो गए दिनों की याद में सिर नहीं धुनेगा।

अगले सप्ताह वह नयनतारा मुकर्जी नाम की एक सोफेस्टिकेटेड लड़की से शादी करेगा; मनीश और विजी के साथ जिस दायरे में घिर गया था, उसे काट फेंकेगा। मुकी फाइन आर्ट्स की छात्रा है, वह ताँबे के पात्र गढ़ती है, चित्र

बनाती है। नटराजन ने विवाह से पहले ही अपने बैंक के अकाउंट में उसका नाम भी चढ़वा लिया है, और उसे पूरी छूट दे दी है। मुकी की राय से एक नई अपार्टमेंट-बिल्डिंग की पाँचवीं मंज़िल पर तीन कमरों का फ़्लैट ले लिया गया है। मुकी ने डेनिश पद्धति का फर्नीचर ऑर्डर किया है, और उसकी एक मित्र परदे बना रही है। मुकी ने अपने नए घर को सजाने में व्यस्त कर दिया है। नहीं, मुकी के साथ घर जमाकर रहना नटराजन को बुरा नहीं लगेगा। पर यहाँ बैठे-बैठे मन में वेदना की एक खरोंच बाक़ी है, यह पास बैठी, रुदिता विजी मन में जितनी अपनी है, वह शायद मुकी कभी न होगी। विजी के प्रति इन भावनाओं में एक पागलपन-सा है जो मुकी, मनीश अच्छी तरह जानते हैं, नहीं स्वीकारती है तो विजी। मनीश के लिए उसके मन में अब भी वही, बिना शिकायत उतना ही प्यार है, जितना पहले था। नटराजन एक दर्शक रहा है, उसे इससे अधिक प्राप्त न होगा।

नटराजन एकाएक कठोर हो आया। ऐसी छिन्न, दलित तो विजी कभी न थी। बन्धु-बान्धवों से दूर, सुबह से शाम तक परिश्रम के बाद अकेले सन्ध्या और रात बिताते हुए विजी को कैसा लगता होगा, इसका नटराजन कुछ-कुछ अनुमान लगा सकता था। और ऐसी साधना मनीश के लिए ! मनीश, जिसने एक बहुत ठंडे, अनासक्त भाव से नटराजन से कह दिया था, "विजी के लिए मेरे मन में अब कुछ नहीं बचा। वह बहुत सीधी, सरल अनकाम्प्लिकेटेड लड़की है। मुझे बाँध सके, सन्तुष्टि दे सके, ऐसी मानसिक गहराइयाँ नहीं हैं उसमें। मुझे पत्नी चाहिए तो मुकी जैसी कलात्मक, स्फूर्तिदायक, इंटेलेक्चुअल।" फिर मुकी भी उसे न बाँध सकी।

"विजी, रोओ मत," नटराजन ने कहा।

"कितना चाहती हूँ कि दृढ़ बनूँ, पर फिर न जाने क्यों बहुत दुर्बल हो आती हूँ, और आँसू नहीं रुकते..."

"विजी, तुम अब भी..."

"हाँ, नटराजन, मनीश कहा करता था कि प्यार चुक जाता है, भावनाएँ मर जाती हैं; अक्सर सोचती हूँ कि मुझमें ऐसा क्यों नहीं होता। मैं क्यों निर्मम, कठोर नहीं हो पाती ! मुकी मुझ पर हँसती थी—मेरे भारतीय संस्कारों पर, मुझे इस पर लज्जा नहीं है कि मैं उसकी तरह आधुनिक नहीं हूँ," विजी कुछ याद आने पर चुप हो गई। कुछ देर वह दीवार को एकटक ताकती रही, फिर उसने आँखें पोंछकर झेंपी-सी मुस्कान होंठों पर लाकर कहा, "न जाने क्यों, तुम्हें सम्मुख पाकर मैं बिखरने लगती हूँ—जो कुछ मन की तहों में है, उसे

बिछा-बिछाकर रखना चाहती हूँ !'' वहाँ अधिक बैठे रहना नटराजन को असहनीय प्रतीत होने लगा। वह उठ खड़ा हुआ और कुर्सी पर पड़ा अपना कोट पहनते हुए कुछ तल्ख़ी से बोला, ''इसकी चिन्ता न करो विजी। मैं हमेशा हरेक की बातें सुनने को उद्यत हूँ।''

जैसे नटराजन एक बहुत कंवीनियंट व्यक्ति है, जिससे सभी अपने-अपने मन की बात कह लेते हैं। पर उसके अन्दर भी तो कुछ है जो काटता रहता है, हर समय घुनता रहता है।

कमरे से बाहर आकर ठंडी हो आई रात में नए घर की ओर चलते हुए नटराजन की आँखों के आगे विजी का आहत, दमनीय हो आया चेहरा घूमता रहा। फिर अपने ऊपर आक्रोश भी कि जो स्वयं ही आहत है; उसे और दुःखी करने से क्या फायदा ! अगर चुपचाप उसकी बात सुन लेता तो क्या जाता ! पर साथ ही मन में थोड़ी-सी झुँझलाहट, खूब झकझोरकर विजी को जगा देने की इच्छा कि मनीश अब नहीं लौटेगा। फिर वह क्यों उसके नाम को पकड़े बैठी है ! मनीश ने तो कभी ज़रा भी विजी की सुविधा या सुख का ख़याल नहीं किया। एक ही मकान में मनीश के साथ रहकर उसके स्वभाव व प्रवृत्तियों से अच्छी तरह परिचय हो गया था। और यह मनीश-सा लापरवाह व्यक्ति ही कर सकता था कि लगातार पत्र लिखकर विजी को भारत से बुलाए, और उसके पहुँचने से पहले ही प्रतीक्षा करने से ऊब अकेला मैक्सिको चल दे। उसके जाने के बाद नटराजन घर में अकेला रह गया था, एक सोई-सी दोपहर में फ़ोन बजने लगा, और एक डरी-सी, रुआँसी आवाज़ मनीश को पूछने लगी। मनीश को अब भी अनेक आवाज़ें पूछा करती थीं, इस बार जो कुछ नटराजन ने सुना, उससे वह कुछ क्षण स्तब्ध बैठा रह गया। फिर जल्दी-जल्दी कपड़े बदल, गैराज से कार निकालकर एयरपोर्ट की ओर जाते हुए नटराजन को लगता रहा कि कहीं कुछ गड़बड़ी है। मनीश की मँगेतर भारत में है, दोनों की कॉलेज से मैत्री रही है, यह उसे मालूम था। पर वह यहाँ अचानक आ पहुँचेगी, इसका उसे अनुमान भी न था। फिर, मनीश की आर्थिक स्थिति भी अभी विवाह कर गृहस्थी बसाने की न थी।

एयरपोर्ट पहुँचकर नटराजन ने लाउंज के द्वार पर खड़े होकर चारों ओर देखा। अलग हटकर एक कुर्सी पर बैठी विजी सहज ही दृष्टि में आ गई। पास जाकर अपना परिचय देते हुए नटराजन को विस्मय का दूसरा झटका-सा लगा। जिस स्मार्ट सेट में मनीश रहता था, उससे विजी भिन्न थी। उसके वस्त्र, केश-विन्यास और झिझकते हुए स्वर में, स्पष्ट निम्न मध्यवर्गीयता थी।

नटराजन ने उससे कुछ मिनटों तक क्या बातें कीं, यह उसे स्वयं याद नहीं। पर उसका सार यह था कि वह चिन्तित न हो, नटराजन उसके रहने का प्रबन्ध कर देगा, और शाम को वह फ़ोन पर मनीश से बातें कर ले, और फिर जैसा भी कुछ निश्चय हो। यह सब कहते हुए नटराजन को गोरे चेहरे पर दो बड़ी-बड़ी तरल, विश्वास-भरी आँखों का ही ज्ञान रहा। उसी क्षण, उसके मन में उस पर छाँह करने, उसे कभी कोई कष्ट न होने देने की भावना जन्म आई होगी। विजी उसके साथ आकर कार में बैठ गई और कार जब शहर की ओर चली तो जैसे विजी अपने को संयत न कर सकी, नटराजन की ओर पीठ करते हुए वह दाईं ओर थोड़ा-सा मुड़कर बैठ गई और बाँहों पर सिर रखकर रोती रही। कितनी दुबली-पतली असहाय-सी लग रही थी तब। नटराजन के मन में मनीश के प्रति अत्यन्त क्रोध उमड़ आया। बाद में, जब-जब भी विजी का पक्ष ले, मनीश से लड़ा, मनीश ने विद्रूप-भरी हँसी से कहा, "विजी को तुम चाहते हो न, इसी से उसका दुख तुमसे नहीं सहा जाता।"

मनीश के कनाडा चले जाने के बाद नटराजन के मन में एक बहुत छोटी-सी आशा जगी थी। पर वह शीघ्र ही जान गया था कि विजी उसे सदा एक करुणामय मित्र की तरह समझती है। प्रेमी या पति वह कभी नहीं हो सकता।

नया घर अभी भी तरतीब से सजा है। कमरे के बीच में, कुर्सी पर मुकी बैठी है, और सामने मेज़ पर झुकी हुई लिफाफों पर पते लिख रही है। नटराजन दरवाज़े से टिककर खड़ा हो जाता है और मुकी को कुछ देर ताकता है। मुकी ने बादामी रंग की रेशमी साड़ी पहन रखी है, गले में बड़े-बड़े अनगढ़ मनकों की लम्बी काली माला है, बिना बाँहों का ब्लाउज़, गोल-चिकनी-साँवली बाँहें। नटराजन को देखकर मुकी ने कलम रख दी और हल्की-सी मुस्कराहट उसके चेहरे पर फैल गई। कमरे में बैठने को कुछ नहीं है, केवल एक कुर्सी है, जिस पर मुकी बैठी है। पूरे कमरे में अँधेरा-अँधेरा-सा है, प्रकाश का एक वृत्त मेज़ पर है—लिफ़ाफ़े के ऊपर।

"क्या अब तक लैब में थे ?" मुकी ने पूछा। मुकी अपेक्षाकृत मन्द स्वर में बोलती है, पर वह स्वाभाविक नहीं लगता। नटराजन आकर मेज़ के पास खड़ा हो गया, मुकी की आँखें सचमुच लम्बी हैं, पलकों पर बरौनियाँ जहाँ उगती हैं, शायद आई-लाइनर से खींची गई काली रेखा है, बरौनियाँ घनी हैं, और आँखों पर छाया-सी है। माथे से ऊपर सँवारे गए बाल कानों को पूरा ढके हुए हैं। होंठ बहुत फीक़ी गुलाबी। पर यह सबकुछ मुकी पर बहुत फबता है। मुकी

के व्यक्तित्व में ठहराव है, जो कुछ वह सोचती है, उसे आवेष्टित करती है। विजी की तरह तुरन्त विचलित या खुली हुई नहीं है।

नटराजन ने चाहा कि वह विजी और मुकी की तुलना छोड़ दे। पर वह ऐसी आदत बन गई है कि सहज नहीं टूटती।

नटराजन ने एक निमन्त्रण-पत्र उठा लिया और कहा, "तुमने विजय-लक्ष्मी को निमन्त्रण भेज दिया ?"

उसकी आँखें मुकी के चेहरे पर स्थिर हैं। पर उसमें कोई परिवर्तन नहीं होता।

"अभी नहीं भेज पाई हूँ।"

नटराजन ने निमन्त्रण-पत्र लिफाफे में डालते हुए कहा, "यह मैं रखे ले रहा हूँ। कल दे दूँगा।"

मुकी ने हाथ बढ़ाया और लिफाफा नटराजन से ले लिया, "तुम क्यों कष्ट करोगे ! मैं ही भेज दूँगी।" बात ख़तम हो गई। मुकी को यह प्रसंग अच्छा लगा या नहीं, नटराजन के पास यह जानने को कोई साधन नहीं था।

उसने ख़ाली कमरे में एक चक्कर लगाया। अभी नया फर्नीचर नहीं आया है। मुकी अपने पुराने फ़्लैट से थोड़ा-थोड़ा सामान लाती जा रही है। शयनकक्ष में बक्स, किताबें, कैनवसें दीवार के किनारे-किनारे रखी हुई हैं। रसोईघर में उपहार-रूप में आया तमाम सामान इकट्ठा हो गया है। मुकी हर काम बड़ी निष्ठा और चाव से कर रही है, पर नटराजन क्यों अपने को इस उत्साह में नहीं डुबा पाता। प्यार की बातें दोनों के बीच कभी नहीं हुईं, यद्यपि काफ़ी समय दोनों ने साथ बिताया है—घूमने-फिरने, पार्टीबाजी और उत्सवों में जाने में। मुकी ने कभी न प्यार माँगा, न प्यार देने का वादा किया। जैसे दोनों ने ही सहज भाव से ग्रहण लिया कि विवाह के बाद सब ठीक हो जाएगा। पर अब, नटराजन के मन में कुछ संशय जाग उठा है। विजी अब भी मन को बाँधे हुए है, शायद मुकी भी मनीश को मिस करती हो। नटराजन को अपने बारे में भ्रम नहीं है, मनीश को स्त्रियाँ सहज ही आकर्षक पाती हैं, नटराजन दुबला-पतला, मँझोले कद का, बहुत-कुछ स्त्रैण प्रवृत्ति का युवक है। कम बोलता है, अपने में सिमटा-घिरा रहता है। मुकी को रिझा सके, ऐसा है ही क्या ? नटराजन ने थोड़ा-सा मुस्कराकर, अपने विचारों पर आवरण-सा डालते हुए पूछा, "तुम कब से यहाँ पर हो ?"

"शाम से ही आ गई थी। बची हुई किताबें पैक कर ली थीं, नीचे कार में ही हैं अभी।"

"मैं ले आता हूँ," नटराजन चलने को तैयार हुआ।

"नहीं, रहने दो। जब तक यहाँ शेल्फ नहीं है, तब तक बक्स में रहने से कोई हर्ज नहीं ?"

"कब आ रही हैं शेल्फें ?"

"इस सप्ताह के अन्त तक। पर्दे भी तब तक बन जाएँगे," मुकी कुर्सी पीछे खिसकाती हुई उठ खड़ी हुई और लिफाफे इकट्ठे कर बड़े-से पर्स में डाल दिए। फिर वह नटराजन के पास आकर खड़ी हो गई और खिड़की के पार देखने लगी। रात के समय बाहर देखने को रम्य कुछ भी नहीं है, दूर तक फैला काला, प्रगाढ़ अँधेरा है, और फिर बहुत बिजलियों की एक लम्बी धूमिल पाँत।

मुकी के इतने निकट होने पर उससे किसी महँगे सेंट की सुगन्ध आती है। नटराजन मौन है।

मुकी ने पूछा, "मुझे मेरे घर तक छोड़ने चलोगे ?"

"चलो।"

मुकी ने कार की चाबी नटराजन के हाथ में पकड़ा दी और दोनों साथ ही दरवाज़े तक आए, और जब तक नटराजन ने ताला बन्द किया, मुकी तिरछी-सी खड़ी उसकी प्रतीक्षा करती रही।

नटराजन की कार बाहर खड़ी थी, नटराजन मुकी को उसके घर तक पहुँचाकर लौटने लगा। मुकी ने उतरते हुए एक बार खाने के लिए रुकने को कहा था, पर उसे असुविधा होगी, यह कहकर नटराजन ने अस्वीकार कर दिया। मुकी अन्दर चली गई, और नटराजन ने एक अँधेरी सड़क पर कार मोड़ दी। अभी नींद नहीं आएगी, यह जानकर उसका मन अपने घर लौटने का नहीं हुआ। सड़क सुनसान थी और तीव्र गति से दौड़ती कार की खिड़की से तेज़ हवा अन्दर आ रही थी। दाईं ओर मुड़ने पर कब्रगाह है, और विजी को कई बार इस ओर सैर के लिए ला चुका है। प्रारम्भ में विजी और मुकी कितनी अच्छी मित्र थीं। विजी को एयरपोर्ट से लाकर मुकी के पास ही छोड़ गया था। पर मनीश को मुकी से प्यार है, यह जान विजी बाद में विक्षिप्त-सी हो गई थी, उसने रोते हुए मुकी की बनाई पेंटिंग्स दीवारों से उतारकर फाड़ डाली थीं, उसके गढ़े हुए बर्तन ज़मीन पर पटक दिए थे, और जब मनीश की वर्जना का उस पर कोई असर नहीं हुआ तो उसने विजी को तड़ातड़ दो चाँटे मार दिए थे। तब नटराजन और न देख सका, मनीश को अलग करते हुए उसने विजी को पकड़ लिया था। विजी शिथिल-गात उसकी पकड़ से सरककर भूमि पर बैठकर रो उठी थी।

मुकी यह सब सुनकर रसोई से निकली थी, और उसके चेहरे का भाव अब भी नटराजन के मन पर अंकित है।

शाम की शुरुआत ठीक हुई थी। मुकी और विजी ने उन दोनों को भोजन पर बुलाया था।

मनीश और विजी को बैठक में छोड़कर मुकी रसोईघर में चली गई और नटराजन के साथ जाकर उसकी सहायता करनी चाही। मुकी ने कहा, "यहाँ सब ठीक है नटराजन। सिर्फ़ सलाद बनाना है, मैं कर लूँगी। तुम तब तक बीयर क्यों नहीं पीते ?"

बैठक में जाकर मनीश और विजी के एकान्त में बाधक न बनने के लिए नटराजन टैरेस पर चला गया, जहाँ न चाहते हुए भी उनके वार्तालाप का कुछ अंश उसके कानों में पड़ता रहा। शायद विजी ने कहा कि यहाँ आकर अभी तक विवाह न होने के कारण उसकी काफ़ी बदनामी हो रही है।

मनीश का उत्तर वह सुन न सका, पर अचानक ही चीख़ने-झगड़ने और चीज़ों के फेंके जाने के स्वर से नटराजन चौंककर कमरे की ओर झपटा। परिचित, भीरु विजी प्रचंड, दुर्दमनीय बन गई थी। बाद में नटराजन द्वारा झकझोरे जाने पर उसने चौंककर आँखें खोलीं, जैसे होश में आई हो। फिर उसकी आँखों से झर-झर आँसू गिरने लगे और उसने कहा, "मैं यहाँ एक पल भी न रह सकूँगी, मुझे कहीं और जगह ले चलो।"

समझा-बुझाकर नटराजन ने उसे जाकर शय्या पर लेटने को बाध्य किया। विजी का चेहरा ऐसा हो आया था कि उसके अन्दर का सारा प्रकाश बुझ गया हो। वह बिना प्रतिवाद किए शयन-कक्ष में चली गई। नटराजन जब विजी को अन्दर भेजकर मुड़ा तो देखा मुकी भूमि पर से फटे काग़ज़ के टुकड़े इकट्ठे कर रही है। फिर उसने ताँबे का दीपाधार उठाया, जो मेज़ के नीचे जा पड़ा था, उसमें पड़ गए गड्ढे को बार-बार छूने लगी।

मनीश इस बीच जा चुका था।

"इस सबके लिए आप मुझे ही दोषी ठहरा रहे होंगे ?" नटराजन को अपनी ओर देखते पा मुकी ने कहा। फिर वह उठकर खड़ी हो गई और बोली, "अगर मनीश को मैं विजी से अच्छी लगती हूँ तो इसमें मेरा क्या दोष ? आप ही बताइए, यदि मैं विजी से अधिक आकर्षक और सोफेस्टिकेटेड हूँ, तो क्या यह कोई अपराध है ?"

मुकी की इस बात पर नटराजन ने चकित हो उसको देखा। पर यह सब बहुत स्पष्ट दो-टूक भाव से कहा गया था, इसमें न दम्भ था, न अहंकार !

मुकी शायद कुछ लोगों को विजी से अच्छी लगी, रंग साँवला है, पर आँख लम्बी, होंठ सुगढ़, देहयष्टि सानुपात। उठने-बैठने में एक लचक, चारों ओर एक व्यक्तित्व-वैशिष्ट्य का आभास।

"मनीश की और मेरी रुचि मिलती है। वह लेखक, मैं कलाकार...विजी इज ए नाइस गर्ल, मगर उसमें मनीश-से व्यक्ति को आजन्म पकड़कर बाँध रखने को है ही क्या ?"

मुकी कभी भी उद्वेलित नहीं होती, उसके स्वर में एक ठंड़ापन है। वह विजी की तरह केवल एक गृहिणी-मात्र बनकर सन्तुष्ट नहीं रह सकेगी।

पर इसके बाद जब विजी ज्वर और सर्दी के कारण बीमार हो गई तब मुकी ने ही एम्बुलेंस बुलाकर उसे यूनिवर्सिटी अस्पताल में भेजा।

अगली सुबह विजी के लिए गुलाब का एक फूल ख़रीदकर नटराजन उसे देखने गया।

विजी अनिश्चित भाव से थोड़ा मुस्कराई, नटराजन उसे कृत्रिम रोष से देखने लगा।

कुछ देर दोनों चुप रहे, तकिए के सिरहाने टिकी विजी हाथों में गुलाब की लम्बी डंडी घुमाती रही, फिर पतली-सी आवाज़ में बोली, "एक काम कर दोगे ?"

"कहो।"

"कहीं एक छोटा-सा, सस्ता-सा अपार्टमेंट ढूँढ़ दो। मैं उस डायन के साथ नहीं रहूँगी।"

आगे इस पर बात नहीं हुई, इधर-उधर की छोटी-छोटी निरर्थक बातों में समय बीत गया। दोनों ही ओर एक तनाव-सा था। नटराजन चलने को उठा तो विजी ने पूछा, "नटराजन वो मनीश कैसे हैं ?"

"ठीक हैं," कहते हुए नटराजन ने झुककर उसके बाल थपथपा दिए।

अगले दो दिन अपार्टमेंट ढूँढ़ते हुए बीते, इसी बीच लाइब्रेरी जाकर भी कुछ लोगों से मिल आया। भारतीय भाषाओं की पुस्तकों की कैटेलॉगिंग करने के लिए एक जगह ख़ाली थी, वहाँ विजी काम करे, इसका प्रबन्ध किया और फिर लाइब्रेरी के पास ही एक छोटा-सा अपार्टमेंट भी मिल गया। एक कमरा, छोटी-सी रसोई, बाथरूम।

विजी के अस्पताल से लौटने से पहले ही नटराजन ने उसका सामान वहाँ पहुँचा

दिया। सामान मुकी ने पैक कर दिया था। वह नटराजन के साथ आकर चीज़ें ठीक कर गई। बाज़ार से थोड़ा ज़रूरी सामान, फल, दूध, मक्खन आदि लाकर रेफ्रिजरेटर में रख दिया। फिर उदास-सी दीवार पर एयर-इंडिया का कैलेंडर लगा दिया।

न चाहते हुए भी नटराजन को लगा, मुकी भली है, मुकी उदार है। और इसी से मन में थोड़ी-सी श्रद्धा जागी।

विजी ने लौटकर पहली बार अपना नया घर देखा। कुछ देर चुपचाप खड़ी रही, फिर कहा, ''तुमने सामान जमाने की क्यों जहमत की ?''

''वह तो मुकी आकर ठीक कर गई। मुझे कुछ नहीं करना पड़ा।''

''ओऽ,'' विजी ने कहा और दूध की बोतल सिंक में उलट दी।

''विजी ?''

''मेरे सामने फिर उसका नाम मत लेना नटराजन,'' विजी ने कहा।

इसी स्मृति से जुड़ा एक और प्रसंग है।

नटराजन प्रायः विजी की ओर चला जाता था। चाहता कि उसे किसी तरह उलझाए रखे, जिससे विजी को अधिक सोच-विचारकर अपने को दुखी करने का मौक़ा न मिले। कभी उसे सिनेमा ले जाता, और यदि समय हुआ तो तीस-बत्तीस मील दूर वाशिंगटन, विशेषकर जब मार्च-अप्रैल में वहाँ चेरी के फूल खिलने लगें। पहली बार विजी ने गहरे नीले रंग की साड़ी पहनी थी। उस पर ढेर सारे आड़े-तिरछे-सीधे सफ़ेद हाथी छपे हुए थे। उस साड़ी के गहरे नीलेपन ने विजी के चेहरे का गोरापन बढ़ा दिया था, और वह बहुत कोमल अनछुई-सी लग रही थी। बाद में जब कभी भी विजी को बाहर जाते देखा तो उसी साड़ी में। फिर वह साड़ी आँखों में चुभने-सी लगी, और मन में रह-रहकर प्रश्न उठने लगा कि विजी शादी की तैयारी में सूटकेस-भर जो साड़ियाँ लाई थी, उनमें से क्यों नहीं पहनती।

एक दिन न रहा गया। हँसी में पूछ बैठा, ''जब देखता हूँ, यही साड़ी पहने दिखती हो। बहुत अच्छी लगती है क्या ?'' विजी ने दीर्घ, समतल दृष्टि से देखते हुए हल्के-से उत्तर दिया, ''बाक़ी साड़ियाँ मुकी ने रख ली हैं। किराया बाक़ी था !''

कुछ पल चुप रहकर नटराजन ने पूछा, ''मुझे क्यों नहीं बताया तुमने ?''

विजी चुप रही।

नटराजन ने कुछ आगे झुककर कहा, ''विजी, तुम अब भी मुझसे दुराव-सा रखती हो। मैं तो चाहता हूँ कि तुम्हारे हर दुख, हर चिन्ता का भागीदार बन

सकूँ। मेरे पास जो कुछ भी है, वह तुम अपना ही समझो...।''

विजी, जो अब तक बैठी पोटोमैक नदी के उस पार एअरपोर्ट की बिजलियाँ देख रही थी, अत्यन्त त्रस्त हो उठी। एक झटके के साथ खड़े होते हुए उसने कहा, ''आगे कुछ मत कहो नटराजन। मैं तुमसे विनती करती हूँ।''

नटराजन कुंठित हो चुप हो गया।

उसके बाद विजी जैसे खो गई। नटराजन ने अपने को काम में व्यस्त कर लिया और विजी लाइब्रेरी के बेसमेंट में कहीं छिप गई, नटराजन की दृष्टि से ओझल। जून में मनीश सामान बाँध-बूँधकर कनाडा चला गया और विजी धाशिंगटन लाइब्रेरी ऑफ कांग्रेस में काम करने। अकेले घर में गर्मी बिताते हुए नटराजन को लगता कि अब जिधर भी मुड़ता है, हल्के रंगों की सूती साड़ियों में मुकी ही दिखाई देती है। मुकी, जिसे पार्टियों में भी ले जाया जा सकता है, कॉफ़ी पीते हुए जिसके साथ देर तक चुप भी बैठा जा सकता है, जो कुछ ही देर में आकर्षक, सुस्वादु भोजन तैयार कर देती है, और जिसकी दृष्टि, हर समय नटराजन को पुरुषत्व का बोध कराती रहती है।

हर सुबह दैत्याकार मशीनों के शोर से ही आँखें खुलती हैं। घर के बिलकुल पास यूनिवर्सिटी की एक बड़ी-सी बिल्डिंग बन रही है। उस सुबह जागकर विजी निश्चल पड़ी हुई सीमेंट कटने की मशीन का भारी घरघराना सुनती रही और रह-रहकर लगता रहा कि ऐसी ही एक मशीन के बीच आकर वह चूर-चूर हो गई है।

कई दिनों से वही सब फिर दोहराया जा रहा था, पहले मन पर छा जानेवाली घनघोर उदासी, बिना कुछ खाए हुए पूरा-पूरा दिन बिता देना, और एक अव्याख्येय आकुलता से ऊपर-नीचे डोलते रहना। विजी अपने को धोखा नहीं दे पाती, वह जानती है कि मुकी और नटराजन का विवाह उसे ज़रा भी नहीं रुच रहा है। वाशिंगटन से मेरीलैंड लौटी ही थी कि मिसेज चन्दोला से भेंट हो गई। बोलीं, ''मुकी अब लड्डू खिलानेवाली है।''

''क्यों ?'' विजी ने पूछा।

''नटराजन और मुकी ब्याह करने जा रहे हैं। आप ही इनविटेशन लिखे हैं, आप ही बाँट रही है। तुम्हें नहीं मिला क्या ?''

मिसेज चन्दोला मुकी को कभी नहीं अच्छी लगीं। उसकी झुंझलाहट थोड़ी-सी और बढ़ गई, जब उन्होंने आगे कहा, ''तुम्हारी बारी कब आ रही है विजयलक्ष्मी ? कनाडा कब जा रही हो ?''

वह बिना कुछ कहे आगे बढ़ गई। पर मन में कुछ आँस रहा था। एक बार भी नटराजन ने व्यक्त नहीं किया कि मुकी से उसकी मित्रता है, और मित्रता इतनी बढ़ गई। विजी ने चाहा कि एक 'उँह' के साथ इस बात को मन से झटक दे। पर वह तो कुँडली-सी मार, मन, विचारों पर जम गई थी।

विजी ने वसन्त की उस सन्ध्या को याद किया जब नटराजन ने घुमा-फिराकर यह कहना चाहा था कि उसे विजी अच्छी लगती है। विजी ने नटराजन को एक मित्र के रूप में ही देखा था, तब वह घबरा उठी थी कि यदि नटराजन को स्पष्ट कहने का अवसर दिया, तो उत्तर में 'न' कैसे कहा जाएगा ! उसके कितने अहसानों से लदी हुई थी, और नटराजन को पति-रूप में स्वीकार करना तब असम्भव-सा लगता था। नटराजन बहुत भला था, सहायता करने को तत्पर, उदार विशाल हृदय, पर विजी को तब भी आशा थी कि शायद मनीश उसके पास फिर लौट आए।

तीन महीने में अलग, अकेले वाशिंगटन में रहकर विजी ने बार-बार इस बारे में सोचा था। अपने को अनेक प्रकार से समझाया था, और अन्त में इस निश्चय पर पहुँची थी कि मनीश की जगह नटराजन नहीं ले सकता, यह ठीक है, पर नटराजन के साथ भी नई ज़िन्दगी गढ़ी जा सकती है। इसलिए विजी बहुत-कुछ इस मनःस्थिति में थी कि यदि नटराजन ने फिर यह प्रसंग छेड़ा तो कह देगी कि उसे सबकुछ स्वीकार है।

पर यहाँ आकर जाना कि मुकी ने एक बार फिर उसे पराजित कर दिया है। निमन्त्रण तक बँट गए हैं और विजी अपने को इन झूठे स्वप्नों में बहलाती रही कि नटराजन को वह बहुत बहुत अच्छी लगती है, कि नटराजन उसे फिर अवश्य पूछेगा।

अब मुकी की गर्दन पकड़कर उसे भींचने की इच्छा होती है, मन होता है कि उसकी कॉफ़ी में जहर मिलाकर पिला दे, उसके अपार्टमेंट में आग लगा दे, और सिल्क की तहों में लेटी मुकी लपटों में घिर जाए और उसकी चीख़ें धुएँ और चटखती लकड़ियों में खो जाएँ।

विजी ने माथे पर हाथ रख लिया, जैसे इन विचारों पर प्रतिबन्ध लगा देगी, पर मुकी के लिए जो वैर-भाव है रोम-रोम में भिद गया है। उसे कम से कम अपने से नहीं छिपाया जा सकता। विजी चाहती है कि कुछ ऐसा कर सके जिससे मुकी तड़पकर रह जाए, जिससे बहुत, बहुत दिनों तक उसके मुख पर हँसी न आए और वह ऊँचा, दर्पभरा सिर नीचे झुक जाए। नटराजन के कहने से वह मुकी के पास रहने को तैयार तो हो गई थी, पर उस पहली ही भेंट में

वह जान गई थी कि मुकी ने एक दृष्टि डालकर, उसे हेय जानकर त्याग दिया है। विजी को मुकी में ऐसा विशिष्ट तो कुछ न दिखाई दिया। साधारण रंग-रूप, कटे हुए बाल कानों को पूरा ढके हुए थे, और अकेले घर में भी बहुमूल्य साड़ी पहने थी। और तब विजी अपने को बहुत शैबी, बहुत हल्का-सा अनुभव करने लगी। बाद में जाना कि मुकी के पिता अत्यन्त धनिक थे, और उसकी सारी शिक्षा विदेश में हुई थी। तीन साल अमरीका में रहकर भी उच्चारण इंगलिश था। यह 'फेजश्री' कॉफ़ी-हाउस में देर रात तक बैठी रहती थी, ऊँची साहित्यिक बातें करती थी और अंग्रेजी में कविताएँ लिखती थी, जो कि कभी-कभी भारत में छप जाती थीं। विजी अपने स्वभाव के झेंपूपन पर कभी-कभी लज्जित हो आती, और अपनी भारतीयता पर मुकी और उसके मित्रों के व्यंग्य से कभी-कभी छिपकर रो लेती। वह स्मार्ट या आधुनिक नहीं है, यह जानती थी, होती भी कैसे, बी.ए. में पहली बार लड़कों के साथ क्लास में बैठना हुआ। तब भी सब लड़कियाँ झुंड बनाकर क्लास में जातीं, साथ-साथ बैठतीं और इकट्ठे ही लौट आतीं।

मनीश से परिचय तो मौसी के घर हुआ।

मनीश के यहाँ से चले जाने के बाद भी पत्र-व्यवहार होता रहा, और एक साल बाद अपने लौट आने के बजाय उसने विजी को बुला भेजा तो विजी ने अपनी माँ के गहने मौसी के द्वारा ही बिकवाकर आने का प्रबन्ध किया था। पिता नाराज़ हुए थे, विमाता भुनभुनाई थीं, पर गहने नाना के दिए हुए थे, इसलिए किसी का वश न चला। पर यहाँ पहुँचने पर पाया कि मनीश मैक्सिको गया है। यह बात विजी को बहुत खटकी थी, पर करती भी क्या ! उन लम्बे कार्यहीन दिनों को नटराजन ही ने भर दिया था। अपनी लैब से छुट्टी पाकर रोज़ ही उसे सैर के लिए ले जाता, कभी-कभी वाशिंगटन में पूरा दिन बीत जाता। तब मुकी ने अजीब, बहकी-बहकी बातें करनी शुरू कर दीं।

एक दिन बोली, "मनीश लौटने पर पाएँगे कि उनकी भावी पत्नी को उनके मित्र ने हड़प लिया है।"

"क्या ?" विजी ने अचकचाकर पूछा।

"कैसी भोली हो ! उनकी आँखें नहीं देखतीं, तुम्हारे चेहरे से हटती नहीं हैं। नटराजन की तो लैब थी और वे थे। किसी लड़की से मतलब न था। अब रोज़ वाशिंगटन की सैर होती है, कभी लिंकन मेमोरियल घुमाया जा रहा है, कभी जैफरसन।" मुकी उस समय कैनवस पर रंग लगा रही थी, ब्रश को थोड़ा-सा हवा में उठाकर बोली, "और विजी, यदि तुम्हारी जगह मैं होती तो

दोनों में नटराजन को ही चुनती। छह साल से यहाँ हैं, पी-एच.डी. हैं, इंडिया जाकर जोरदार नौकरी मिलेगी, यहाँ भी आठ हज़ार तो मिल रहे होंगे। मनीश के पास तो एक टुटपुँजिया फेलोशिप ही है।''

विजी से कुछ देर कुछ भी कहते न बना, फिर उसने कहा, ''कैसी बातें करती हो मुकी, नटराजन मेरे लिए बड़े भाई के समान हैं। मैं उन्हें इसी दृष्टि से देखती हूँ।''

मुकी हँसने लगी। ब्रश रखकर उसने आगे झूल आए बालों को पीछे करते हुए कहा, ''तुमने भी क्या वही संकुचित गली-मुहल्लेवाली बात कही। नटराजन तुम्हारे भाई कैसे हो गए, वे मैसूर के हैं, तुम पटना से आई हो ? तुममें और नटराजन में केवल एक रिश्ता है, तुम एक सुन्दर, स्वस्थ युवती हो और वे एक ऐसे युवक हैं जिन्हें तुम अच्छी लगती हो। ऐसी सिचुएशन में मालूम है, क्या होगा ?''

''बस मुकी, मुझे और कुछ नहीं सुनना। मुझे और मेरी मान्यताओं को तुम अलग छोड़ दो।'' विजी ने बुरा मानते हुए कहा।

और अब यह विवाह होने जा रहा है, उसमें निश्चय ही नटराजन से अधिक उसके वेतन व भविष्य की सम्भावनाओं का ख़याल किया होगा मुकी ने, विजी को यह दृढ़ विश्वास है। पर दुख तो इस बात का है कि नटराजन कैसे मूढ़ हो गया, क्या वह मुकी की असलियत नहीं जानता।

विजी ने उठकर चाय का पानी स्टोव पर रख दिया, और हथेली पर दो ऐस्परिन की टिकियाँ रख उन्हें कुछ देर देखती रही। पटना में सब कुछ वैसा ही होगा, विमाता का बुदबुदाना, पिता की लम्बी चुप्पियाँ या खीझ, झुँझलाहट-भरा स्वर, छोटी बहन का रेडियो के साथ फिल्मी गीत गाना, क्या कभी किसी को उसकी, विजयलक्ष्मी की, कभी भी याद न आती होगी ? इन डेढ़ सालों में कितनी दूर आ गई है वह, मुड़कर देखने से मन में ऐसा आश्चर्य-सा भर जाता है कि क्या कभी ज़िन्दगी इससे भिन्न भी थी ? अब तो लाइब्रेरी का बेसमेंट है, और किताबों के ऊँचे-ऊँचे ढेर हैं। कभी-कभी काम करते हुए कुछ याद आ जाता है, मनीश की बाँहों की कसी जकड़, उसका मुस्कराना, और कभी-कभी वह क्रूर शब्द। तब विजी यहाँ से कहीं दूर चली जाना चाहती है, वह जानती है कि वापस लौटना असम्भव ही सा है, कहाँ से आएँगे किराए के पैसे, और किस मुँह से पिता की देहरी पर जाकर खड़ी होगी ! कहीं और नौकरी कर सकती है, पर जैसे विजी के अन्दर की समस्त शक्ति रिस गई है। उस छोटी-सी

रसोई में खड़ी विजी सोचती है कि औरों की तरह सहज-सरल जीवन क्यों नहीं हुआ उसका ! कब अजाने ही कुछ ऐसा घट गया जिससे वह औरों से अलग छिटक गई ! यदि मनीश पर विश्वास न किया होता तो शायद इस दशा तक न पहुँचती, यदि मुकी-सी कुटिलता आती तो भी आज अकेले यों अपने से द्वन्द्व न करना पड़ता।

चाय का पानी उबलने लगा।

एजाइम लैब से लाइब्रेरी तक पहुंचने में सात-आठ मिनट लगते हैं, पर पौने पाँच बजे लैब से निकलकर वहाँ पहुंचने तक नटराजन ने पन्द्रह मिनट लगा दिए, और तब पाया कि विजी अभी-अभी लाइब्रेरी की सीढ़ियाँ उतर रही है।

नटराजन को देखकर वह थोड़ा-सा मुस्कराई और आकर लाल बत्ती के पास खड़ी हो गई। आठ घंटे कड़े श्रम के बाद मुख क्लान्त हो ही जाता है, पर उसके व्यवहार में कल-जैसी रुखाई न थी। अधिक बातें न हुईं, और सड़क पार कर दोनों अपनी गली में आ गए। विजी का घर पहले आया और पिछले दिनों की तरह फिर कॉफ़ी के लिए पूछा गया। स्वीकृति देकर नटराजन अन्दर आया तो एकाएक मस्तिष्क में कौंध गया कि यदि विजी ने कॉफ़ी के लिए न पूछ उसे उसके रास्ते चले जाने दिया होता तो बहुत बुरा लगता।

नटराजन विजी के पीछे-पीछे रसोई तक चला गया और बोला, "एक प्रार्थना है।"

"क्या ?" विजी के प्रश्नभरे नेत्र उसके मुख पर ठिठक गए।

"आज खाने को कुछ न बनाना।"

उसके कहने के ढंग पर विजी थोड़ा-सा हँस दी, नटराजन को वह हँसी उजली धूप-सी सुखद लगी।

"बहुत बुरा बना था न ! फिर भी तुमने खा लिया।"

विजी की रसोई इतनी छोटी है कि दो लोग खड़े नहीं हो सकते। सिंक में एक प्लेट पर पानी गिर रहा था। विजी ने कॉफ़ी नापकर पर्कोलेटर में डालते हुए कहा, "तुम चलकर बैठो, मैं अभी आई।"

नटराजन वापस लौट आया।

कुछ देर में जब विजी लौटकर आई तो टूटी हुई मैत्री पुनः स्थापित हो गई है, ऐसा ही कुछ भाव उसके मुख पर था। नटराजन ने मेज़ पर पैर टिका लिए थे, उन्हें समेट लिया और कहा, "तुम्हारे किसी काम में बाधा तो नहीं दे रहा हूँ विजी ?"

"न," विजी ने अपनी साड़ी की सलवटें चिकनी-सी करते हुए कहा, "व्यस्त तो तुम होगे आजकल।"

"कुछ विशेष नहीं। अगले सप्ताह छुट्टी पर जाने से पहले लैब में थोड़ा काम निबटाना है, बस। अपार्टमेंट तो ठीक हो गया है, फर्नीचर आने पर जमाना बाक़ी है।"

विजी कल से अधिक रिलैक्स्ड लग रही है। उसने हरे रंग की, बिना किनारे की सूती साड़ी पहन रखी है, वह इधर काफ़ी दुबली हो गई है, चेहरे पर पीलापन-सा है, पलकें घनी हैं और नीचे तरल आँखें चमकती हैं।

वह उसे एकटक देखता रहा।

"एक बात कहूँ, बुरा तो न मानोगे ?" विजी ने पूछा।

रसोई में कॉफ़ी पर्कोलेटर खुद-बुद करने लगा और कॉफ़ी की सुगन्ध पूरे कमरे में छा गई।

"कहो।"

"बहुत आनन्दित, उत्सुक दूल्हे-से नहीं दिखाई देते, कुछ अनमने, कुछ उदास-से नज़र आते हो।"

नटराजन चौंक गया, सँभलने के लिए कुछ क्षण लेता हुआ बोला, "जैसी कि तुम दिखती थीं उन दिनों ? उल्लसित, निरन्तर मुस्कराती हुईं ?"

विजी रसोई में जाकर पर्कोलेटर ले आई और मेज़ पर रखती हुई बोली, "अब सोचती हूँ कि वे भी क्या दिन थे ! कितने सपने कितनी उमंगें ! कितनी नादान, कितनी विश्वासभरी ! इन डेढ़ वर्षों में कितनी पक गई हूँ, जैसे दस वर्ष जी लिए हों !"

"तुम्हें अकेले रहना अच्छा लगता है ?"

"अकेले रहना तो नटराजन किसे अच्छा लगता है ! कभी खिन्न हो जाती हूँ दीवार से सिर टकराना चाहती हूँ, फिर अपने को सँभाल भी लेती हूँ, इसी में किसी उपलब्धि की चेष्टा करती हूँ।"

नटराजन को लगा, विजी सचमुच बड़ी हो आई है। पहले तो रह-रहकर हँसती थी, और निरर्थक बातें करती थी।

"अच्छा नटराजन, तुमने बताया नहीं, तुम इस विवाह से प्रसन्न हो ?"

पूछ तो लिया, पर उसी क्षण विजी को लगा कि इतना उद्धत, व्यक्तिगत प्रश्न उसे न पूछना चाहिए। जैसे रह-रहकर भूल जाती है कि नटराजन के जीवन में एक नया आयाम आ गया है, वह मुकी का पति बनने जा रहा है। विजी अब उसके लिए कुछ नहीं है, कभी कुछ थी, अब मात्र परिचिता है। अब मुकी

उसके जीवन के समग्र अनुभवों की संगिनी बनेगी।

"हाँ विजी।"

"मुकी सचमुच बड़ी भली, बहुत अच्छी है," विजी ने कहा।

नटराजन ठठाकर हँस पड़ा, "छल-कपट तुमसे नहीं निभता विजी, मुकी की प्रशंसा करने का प्रयत्न न करो। मैं जानता हूँ कि तुम उसकी परछाईं तक से घृणा करती हो। आश्चर्य है कि मुझे तुमने अब तक घर से बाहर क्यों नहीं किया।"

विजी का चेहरा अप्रतिभ हो आया, "क्या लोग बदलते नहीं ? धारणाएँ नहीं बदल सकतीं ?"

"ओ विजी, यू आर सो स्वीट। अच्छा, कॉफ़ी दोगी या नहीं ?"

विजी के पास से उठकर नटराजन अपने घर आया। अलमारी में थोड़े-से आवश्यक कपड़े छोड़ उसने बाक़ी चीज़ें सूटकेस में रखीं, और फिर मुकी को उसके घर फ़ोन किया। ख़ाली घर में घंटी देर तक बजती रही। नटराजन ने जान लिया कि वह नए घर में होगी।

वह लिफ्ट में ऊपर जाने की बजाय सीढ़ियाँ चढ़ने लगा। उसने पाया कि वह सीटी बजा रहा था। दरवाज़े खटखटाने पर मुकी ने खोला, वह भी गहरे हरे रंग की सूती साड़ी पहने थी, पर उसकी साड़ी में चौड़ा लाल बॉर्डर था जिसमें जरी के तारों का घना काम था।

"मैंने लैब में फ़ोन किया था, पर तुम नहीं थे," मुकी ने कहा।

नटराजन एक पल रुका, फिर बोला, "विजयलक्ष्मी मिल गई थी, उसके साथ क़ॉफी पीने चला गया था।"

मुकी दरवाज़े के पास से हट आई, बोली, "शेल्फें आ गई हैं, मैं किताबें लगा रही थी।"

नटराजन ने कोट उतारकर कुर्सी पर डाल दिया, मुकी की दृष्टि उस पर पा उसने कोट टाँग दिया, और कुछ हँसता-सा बोला, "अभी से डिसिप्लिन करने लगीं ?"

नटराजन का मन हल्का-सा है, वह जान-बूझकर नहीं सोचेगा कि इसका कारण क्या है ? पर फिर भी जान रहा है कि आज विजी हँसी थी, खुली-खुली थी। विजी की हँसी मन को भाती है। चाहता है कि विजी पहले की तरह हँसा करे। विजी प्रसन्न रहे।

किताबों को बक्सों से निकालकर मुकी ने फ़र्श पर फैला दिया था, वह उठा-उठाकर नटराजन को देने लगी और नटराजन उन्हें लगाने लगा। सात

खानों की शेल्फ है, दीवार को पूरा ही ढक लिया है, जब सारी किताबें करीने से रख जाएँगी तो कमरा भरा-भरा लगेगा।

मुकी एक कपड़े से किताबों की धूल पोंछती जा रही है।

"तुम्हारी साड़ी धूल से अट जाएगी मुकी। लाओ, मैं साफ़ करूँगा।"

"पुरानी ही तो है," मुकी ने कहा।

तीन खाने भर सकने के बाद दोनों बक्सों पर बैठकर सुस्ताने लगे।

"कमरे में गर्मी-सी हो रही है। बाहर थोड़ा-सा टहलने चलोगे ?"

"चलो।"

कमरे में बत्ती जलती छोड़ दोनों बाहर निकल आए। नीचे पहुँचकर लगा कि शाम सचमुच ठंडी और मोहक है। सड़क की बत्तियाँ बहुत चमकीली और पेड़ चुप, खामोश।

नटराजन ने पूछा, "कार पर थोड़ी दूर चलोगी मुकी ?"

"अच्छा।"

नटराजन ने दरवाज़ा खोला और मुकी रुक गई। नटराजन बाईं सीट पर आ बैठा, और कार स्टार्ट की। बिना जाने उसने कार कब्रगाह की ओर मोड़ दी।

कार में मुकी के सेंट की सुगन्ध है।

दीर्घ मौन को तोड़ते हुए नटराजन ने पूछा, "मुकी, क्या तुम्हें यह सब सच लग रहा है ?"

मुकी गर्दन मोड़ बाहर देखने लगी, जैसे इस बात का उत्तर नहीं देना चाहती।

नटराजन को हरी साड़ी में लिपटी मुकी सच नहीं लगती। उसने आज तक मुकी का स्पर्श नहीं किया है। इस समय हाथ बढ़ाकर खुली बाँह छूना चाहता है, जैसे वह जानने को कि क्या उसकी त्वचा उतनी ही उष्ण और चिकनी है, जैसी कि मनीश कहा करता था।

कुछ समय पहले तक मन में भरी हुई अनजान-सी खुशी तड़ककर टूट गई। नटराजन के मन में अचरज-सा भर आया कि वह बग़ल में इस नितान्त अपरिचित को बैठाकर कहाँ और किसलिए ले जा रहा है ! क्या उसके मन की मुकी के लिए सचमुच कहीं ममत्व या स्नेह छिपा है, या यह विवाह चौंतीस साल के जीवन का अकेलापन दूर करने के निमित्त ही किया जा रहा है ? पास बैठी नयनतारा मुकर्जी के बारे में वह क्या जानता है ? नटराजन ने आकुल होकर पूछना चाहा—तुम क्या हो मुकी, तुम्हारा सत्य रूप क्या है ? तुमने मुझसे

विवाह करना क्यों स्वीकार किया है ? क्या सत्ताइसवें वर्ष में तुम्हें एक पति की कमी महसूस हुई ? या मेरे लिए तुम्हारे मन में आदर के अतिरिक्त और भी कुछ है ? क्या तुम वैसी ही लोभी, स्वार्थी, क्षुद्र हो जैसा कि विजी ने तुम्हें चित्रित किया ? क्या तुम उतनी ही सहज प्राप्य हो जैसा अवज्ञा से मनीश कहा करता था ?

"बी केयरफुल," मुकी ने कहा। सँकरी सड़क पर सामने से एक कार आती दिखाई दी और नटराजन ने अपनी कार जल्दी से बाईं ओर मोड़ी तो कार सड़क छोड़ कँकरीली भूमि पर उतर आई। सामनेवाली कार तेज़ी से गुज़र गई। नटराजन फिर सड़क पर आ गया, और कुछ देर बाद याद आया कि मुकी ने बात का कोई उत्तर नहीं दिया है।

विजी न उस रात सो सकी, न उससे अगली रात। और नटराजन विजी को अपनी लैब में आया पा चौंक उठा। हाथ का बीकर मेज़ पर रखकर वह लैब से बाहर निकल आया और बोला, "क्यों विजी, खैरियत तो है ?"

"कुछ समय होगा तुम्हारे पास ?" विजी ने पूछा।

"हाँ," और विजी कुछ कहे, इस प्रतीक्षा में खड़ा रहा। फिर बोला, "आओ कॉफ़ी-लाउंज में चलें। वहाँ इस समय कोई नहीं होगा।"

विजी चुपचाप साथ चल दी।

"कॉफ़ी लोगी ?"

"नहीं, कोकाकोला।"

नटराजन ने मशीन में पैसे डालकर दो बोतलें निकालीं और फिर ढक्कन खोलकर एक विजी के आगे रख दी।

"मैं ज़्यादा भूमिका नहीं बाँधूँगी नटराजन। दो दिन से लगातार सोच रही हूँ कि इस ज़िन्दगी का क्या करूँ ! समझ नहीं पाती," विजी रुककर नटराजन का मुख ताकने लगी। फिर एकदम कह डाला, "नटराजन, मुझे एक हज़ार डालर चाहिए। मुझसे अब यहाँ एक दिन भी न रहा जाएगा। मैं वापस जाना चाहती हूँ। कुछ भी हो, वह अपना देश है, वे लोग मेरे अपने हैं। दे सकोगे नटराजन ?"

विजी ने उसके चेहरे पर अपनी उत्सुक, कातर आँखें जमा दीं।

"तुम इतनी जल्दी कैसे जा सकोगी ?"

"मैंने पता लगा लिया है, मुझे प्लेन पर जगह मिल जाएगी।"

"न्यूयार्क से लन्दन ?"

"नहीं, पहले मैं कनाडा जाना चाहती हूँ।"

"ओ !" नटराजन ने कहा।

"मालूम नहीं कब तुम्हें यह वापस कर सकूँगी, पर मुझे और कोई उपाय नहीं दीखता।"

"पर विजी, तुम पूरी तरह श्योर हो न ?"

विजी ने सिर हिलाकर जताया कि हाँ। विजी का हठ नटराजन को मालूम है।

नटराजन ने ज़ेब से चैक-बुक निकाली और पन्द्रह सौ डालर का चैक लिखकर दे दिया।

"नटराजन..." विजी ने कुछ कहना चाहा।

"अगर कुछ और ज़रूरत हो तो बताना, विजी। मांट्रियल कब जाओगी ?"

"कल शाम। पर तुम एयरपोर्ट मत आना। अकेले ही जाना चाहती हूँ।"

पर नटराजन उसे एयरपोर्ट ले गया। विजी चुप थी, शायद वह भी वह दिन याद कर रही थी जबकि मनीश के स्थान पर नटराजन उससे यहाँ मिलने आया था।

"एक बात कहना चाहती हूँ नट्टू," विजी ने जहाज़ पर चढ़ने से कुछ क्षण पहले कहा, "मेरे प्रति बहुत अनुदार मत हो जाना। थोड़ी-सी करुणा..." और उसका गला भर आया।

उसे पहुँचाकर लौटते हुए नटराजन को लगता रहा कि जैसे उसके जीवन में कभी न भर सकनेवाले अनेक अभाव हो गए हैं। साथ ही थोड़ा-सा धीरज कि हर समय विजी की उपस्थिति दंश देने को न रहेगी।

फिर नटराजन को याद आया कि अब तो कुल तीन ही दिन बीच में रह गए हैं। शनिवार को कुछ मित्रों ने उसे और मुकी को भोज पर बुलाया है। रविवार को लैब के मित्र मिलकर नटराजन के लिए स्टैग पार्टी दे रहे हैं, और सोमवार को साढ़े चार बजे सिविल सेरेमनी ही है। फिर उसी रात प्लेन लेकर मेन चले जाएँगे, और वहाँ दसेक दिन बिताएँगे। मुकी के लिए उसकी माँ ने लाल बनारसी साड़ी, शंख चूड़ियाँ, कुंकुम भेजा है। वही पहनेगी। इस बीच फर्नीचर आ गया है, करीने से रखा भी गया हैं। घर भरा-पूरा लगता है। रसोई अत्यन्त आधुनिक है, सफ़ेद और हल्की पीली, मुकी ने पाँत के पाँत चमकदार स्टेनलेस स्टील के बर्तन सजा दिए हैं, रेफ्रिजरेटर में कुछ बीयर की बोतलें रख दी हैं। सबकुछ साफ़-सुथरा चमकता हुआ, नया ! नटराजन को मन में थोड़ा-सा विस्मय है, मुकी घर-गृहस्थी में इतनी रुचि लेगी, इसकी उसे आशा न थी।

एयरपोर्ट से नटराजन अनमने भाव से अपने फ़्लैट में लौट आया। थोड़ी चीज़ें पैक करनी थीं, पर उन्हें वैसा ही छोड़कर वह कमरे में बैठा रहा। विजी जाते-जाते भी एक बार मनीश से मिलने का मोह न छोड़ सकी। इस भेंट से उसे थोड़ी यातना ही और मिलेगी।

पर नटराजन जानता है कि विजी के अन्दर बल का एक स्रोत है; टूटती है, बिखरती है पर अपने को सँभाल लेती है। कोई और लड़की इन परिस्थितियों में पागल हो गई होती।

सात बजे नटराजन ने उठकर स्नान किया, धुले कपड़े पहने, और फिर मुकी को लेकर कहीं बाहर भोजन करने के विचार से उसकी ओर चल दिया। सोच रहा था कि सन्ध्या के अन्त तक मुकी को बता देगा कि विजी चली गई है। सदा के लिए। अब उसका नाम-निशान, उसकी छाया तक दोनों के बीच नहीं रहेगी। एक सूटकेस लेकर विजयलक्ष्मी आई थी, और केवल वही लेकर लौट गई, पर साथ ही कितनी वेदना का भार भी।

मुकी के घर ताला बन्द था, नटराजन पैदल ही नए घर की ओर चल पड़ा। जो रंग-भरे पत्ते पेड़ों पर छाए थे, जैसे दो-तीन दिनों में ही झर गए थे, और इस समय पैरों के नीचे आकर दीन, आर्त्त स्वर कर रहे थे, और वे सारे ऊँचे पेड़, अपनी काली बाँहें उठाए, अपनी नग्नता में असहाय-से खड़े थे।

नीचे से लिफ्ट लेकर ऊपर तक पहुँचते हुए भी नटराजन यह निश्चय न कर सका कि वह मुकी को विजी के जाने का समाचार किस प्रकार देगा। कोई निकट का आत्मीय खो गया है, ऐसे या फिर ठंडे, निर्विकार भाव से—मुकी, विजी चली गई है।

अपनी चाबी से ताला खोल नटराजन ने दरवाज़ा अन्दर ठेला। कमरे में आकर उसने पाया कि मुकी नए सोफ़े पर औंधी लेटी है, दाईं बाँह शिथिल-सी नीचे लटक रही है, बाईं को मोड़कर उस पर चेहरा गड़ाए है, और उसका पूरा शरीर रह-रहकर हिल रहा है।

"मुकी," उसने बहुत चिन्तित हो आए स्वर में पुकारा।

मुकी ने सिर उठाकर उसे देखा, फिर तेज़ी से बाईं उँगली से अँगूठी निकालकर उसकी ओर फेंकती हुई बोली, "यह लो अपनी अँगूठी और चले जाओ यहाँ से। मैं तुमसे बोलना तक नहीं चाहती।"

इस अप्रत्याशित घटना से नटराजन कुछ क्षण को स्तब्ध खड़ा रहा। फिर उसने झुककर मुकी के कन्धे पकड़ लिए, "क्यों, मुकी, क्यों ?"

मुकी ने उत्तर नहीं दिया, उसके शरीर में तड़पती मछली की तरह एक लहर दौड़ गई।

नटराजन ने उसके कन्धे छोड़ झुककर फ़र्श पर गिरी अँगूठी उठा ली और मुकी की बँधी मुट्ठी को खोलकर उसमें अँगूठी ठूँसता हुआ बोला, "ऐसी आसानी से मुझसे छुटकारा नहीं पाओगी मुकी। मुझे बताओ न, इतने दुख की क्या बात है ?"

मुकी वेग से उठकर बैठ गई। सारे दिन रोने से उसकी आँखें फूलकर लाल हो आई थीं, और चेहरे पर गहरी अशान्ति थी।

"मुझसे पूछते हो ? क्या स्वयं जानते नहीं ? मुझे तो रह-रहकर यही आँसता है कि तुम इतने झूठे, चालबाज कैसे हो सके ! पूरी गर्मी तुम वाशिंगटन उससे मिलने जाते रहे, मुझे एक बार भी नहीं बताया। मैं यहाँ फर्नीचर ऑर्डर कर रही थी, पर्दे बना रही थी, तुम वहाँ सैर कर रहे थे !"

"तुमसे यह किसने कहा ?" नटराजन ने धीर कंठ से पूछा।

"जाने से पहले विजी मेरे पास आई थी। जिसे सदा से उसने नफरत की, उसे यह बताए बिना कैसे चली जाती ! उसी ने बताया कि तुमने उसे पन्द्रह सौ डालर दिए हैं, डॉक्टर के पास जाने और इंडिया लौट जाने के लिए। पहले मैंने उस पर विश्वास नहीं किया। मुझे ख़याल भी न था कि तुम इतना आगे बढ़ जाओगे। पर...पर आज फर्नीचर की दूकान से फ़ोन आया कि मैंने जो चैक उन्हें दिया, वह बैंक से वापस लौट आया कि वहाँ पर्याप्त धन नहीं है। तब मुझे लगा कि..." मुकी का स्वर टूट गया और एक बार फिर भावनाओं की बाढ़ से उसकी आँखों में आँसू भर आए।

"विजी के सारे अत्याचार मैंने चुप होकर सहे। सोचती थी कि वह पागल है, और नादान है। मुझसे विवाह का प्रस्ताव करके भी तुम उससे चुपचाप मिलते रहे, तब भी मैंने कुछ नहीं कहा। सोचती थी कि एक बार जब मेरे निकट आकर पहचान लोगे, तो उसे भूल जाओगे। सोचा था कि तुम्हें इतना सुख दूँगी..." एक लम्बी सिसकी।

"मुकी, मेरी बात भी तो सुनो।"

"न। अब कुछ नहीं सुनूँगी। मैं भी बहुत मानिनी हूँ, नटराजन। बहुत दर्प मेरे अन्दर भी है। और मैंने बहुत धीरज रखा, पर अब मैं और नहीं सह सकूँगी। गो अवे ! यह विवाह नहीं होगा। मैं किस प्रकार तुम्हें आदर और श्रद्धा से देख सकूँगी ! मुझे तुम्हारा धन नहीं चाहिए था। मेरे पिता के पास बहुत धन है। मैं समझती थी कि तुम छल-कपट से ऊपर, अत्यन्त विशाल हो, और

इसीलिए, मन ही मन प्रारम्भ से ही तुम्हें चाहती आई थी।" बाहर रात झुक आई है, कमरे में सन्नाटा है, केवल नयनतारा का पतला, टूट-टूट जाता, उठता-गिरता स्वर है। इतने दिनों से जो कुछ अन्तस्तल में प्रच्छन्न रखा, वह सब एकबारगी फूटकर बाहर आना चाहता है।

नटराजन उसके पास, सब-कुछ सुनता, चुप बैठा है। मुकी के शब्दों ने उसे हिला दिया है। वह समझ नहीं पा रहा है कि विजी ने चलते-चलते ऐसा क्यों किया ? उसे प्रतीक्षा है मुकी के थककर चुप हो जाने की, तब वह धीर शब्दों में अपनी बात कहेगा। मन में आशा की नन्ही-सी रेखा है कि शायद नयनतारा उसकी बात पर विश्वास कर ले।

●●●